REEN CON TROS

VINICIUS GROSSOS

REENCONTROS

Copyright © Vinicius Grossos, 2025

Direitos de edição da obra em língua portuguesa no Brasil adquiridos pela Livros da Alice, selo da Editora Nova Fronteira Participações S.A. Todos os direitos reservados. Nenhuma parte desta obra pode ser apropriada e estocada em sistema de banco de dados ou processo similar, em qualquer forma ou meio, seja eletrônico, de fotocópia, gravação etc., sem a permissão do detentor do copirraite.

Editora Nova Fronteira Participações S.A.
Av. Rio Branco, 115 — Salas 1201 a 1205 — Centro — 20040-004
Rio de Janeiro — RJ — Brasil
Tel.: (21) 3882-8200

Dados Internacionais de Catalogação na Publicação (CIP)

G878r Grossos, Vinicius
         Reencontros/ Vinicius Grossos. – Rio de Janeiro: Livros da Alice, 2025.
         240 p.; 15,5 x 23 cm

         ISBN: 9786585659284

         1. Literatura infantojuvenil. I. Título.

                                            CDD: 869.928
                                            CDU: 82-93(81)

André Felipe de Moraes Queiroz – Bibliotecário – CRB-4/2242

Conheça outros livros da editora:

"Os encontros mais importantes já foram combinados pelas almas antes mesmo que os corpos se vejam."

Paulo Coelho

CARTA AO LEITOR

Sendo sincero com vocês, *Reencontros* não era o livro que eu planejava entregar este ano. Na verdade, nada do que imaginei ou planejei para esta obra se concretizou.

A história chegou até mim de um modo diferente dos meus outros livros. Como num piscar de olhos, senti que já conhecia as vidas de Henrique e Benedito nos mínimos detalhes — seus medos, desejos e, principalmente, as palavras não ditas entre eles.

Por um tempo, resisti a escrever este livro nesse momento da minha vida. Após *Feitos de Sol* e *Não foi por acaso*, lutei para provar que era um autor capaz de escrever histórias felizes, que pudessem fazer rir ou entregar um sentimento de esperança, de que o amor ainda vale a pena. *Uma canção de amor e ódio* e *Cruzeiro do amor* são isso pra mim, minhas cartas de amor puro ao mundo. Esse romantismo faz parte de mim. Mas após muita reflexão, eu percebi que a minha tristeza também sou eu. Meus pensamentos mais obscuros, minha solitude, meus arrependimentos, tudo sou eu. Escrever *Reencontros* foi um processo de fazer as pazes com essa pressão que existia apenas na minha mente e simplesmente deixar fluir.

E conforme fui lidando com esse sentimento de me entender como artista e de aceitar que minha criação sempre vai ser não linear, esses dois homens-jovens-meninos perdidos e decididos, confusos e amorosos, sonhadores e pessimistas, se revelavam cada vez mais.

Identifiquei-me com Henrique pelo sentimento comum em nossa geração millennial: crescemos ouvindo que deveríamos ser bem-sucedidos antes dos trinta, achando que todos os caminhos estavam abertos para uma vida de sucesso. Ele é um personagem que acreditou que, se corresse atrás dos sonhos, tudo daria certo. Até o dia em que olha para trás e vê tudo o que sacrificou e perdeu... sem chegar lá.

Por outro lado, talvez você se identifique com Benedito por ter sido o filho perfeito a vida inteira: aquele que não dá trabalho, que faz silêncio, que se esforça para superar expectativas alheias, mesmo quando elas dizem mais sobre os outros do que sobre ele mesmo. Sua ansiedade, o medo de decepcionar, o hábito de engolir sapos quando tudo o que quer é gritar... Até o momento em que decide ser mais ele mesmo e, então, deixa de ser tão perfeito assim.

Esta não é apenas uma história de amor.

Henrique e Benedito se encontram, se descobrem, se perdem e se afastam. Vivem presos em suas próprias cabeças, incapazes de dizer o que precisam. Mas também se *reencontram* — não só um com o outro, mas consigo mesmos, com as versões que ficaram perdidas no passado porque precisaram seguir em frente para sobreviver.

Reencontros é um convite para olhar para o passado e refletir sobre o que ficou para trás. E, então, voltar-se para o presente e perguntar: onde estou agora? Para onde eu vou? Aonde quero chegar? Porque a verdade é que o futuro começa agora.

Uma última curiosidade: até os instantes finais, este livro se chamava *Acidentalmente, nós*. Mas, no fim, ele exigiu um novo título. Ele mesmo, o livro, a história, a trama. A essa altura, eu já deveria ter aprendido: nenhuma dessas histórias é realmente minha. Elas são suas. Essa é a verdade. Por favor, cuide desta com muito carinho.

Com amor,
Vini

PLAYLIST

Essas foram as músicas que escutei repetidamente e que me ajudaram a entrar na atmosfera de *Reencontros*:

Os pais dos noivos

Sebastião Rocha e Rogéria Rocha
& Pedro Paviotti e Lucia Paviotti

Convidam para o enlace matrimonial de seus filhos:

Benedito Rocha & William Paviotti

Benedito e William concretizam sua união no dia 11/11 às 18h, na fazenda Família Rocha — Estrada do Contorno, Lote 8.

Contamos com a sua presença para tornar este dia ainda mais especial!

Com carinho, famílias Rocha e Paviotti

1
HENRIQUE
PRESENTE

Eu conhecia de cor cada frase daquele convite de casamento escrito em letra cursiva dourada — de tanto que li, reli, em busca de alguma pista no papel timbrado, alguma frase escrita a lápis, do tipo: "tô casando, mas o grande amor da minha vida é você." Mas é óbvio que não havia nada.

Quem eu estou tentando enganar? Ainda tenho sentimentos *conflitantes* pelo meu ex. Possivelmente *ainda amo* meu ex.

Pensar nisso me traz um gosto amargo à boca, especialmente enquanto estou indo para o seu casamento na cidade onde nascemos, nos apaixonamos e que amaldiçoou nosso futuro — não de forma literal, como se a cidade fosse encantada ou algo do tipo, mas do jeito real, brutal e preconceituoso do cotidiano, onde simplesmente decidem que dois meninos cheios de sonhos e desejos no coração não podem viver uma história de primeiro amor pelo simples fato de serem *dois meninos*.

— Uma hora pra chegarmos em Oito Lagoas, segundo o GPS — anuncia o motorista aos berros do banco da frente. — Então, meio que não vamos fazer paradas, beleza?

É mais um aviso do que uma pergunta.

— Beleza — respondo baixo, e tenho certeza de que ninguém mais ouviu por conta do volume alto do rádio.

Sinto meu estômago revirar, quase como se eu estivesse prestes a ter uma dor de barriga bem agora, no meio da estrada, só pra impedir que eu finalmente chegue na minha cidade natal.

Abaixo um pouco a janela do carro, deixando o ar fresco bagunçar meu cabelo e sinto uma onda de lembranças, de tudo o que reprimi, me invadir:

sentimentos que aprendi a enterrar no lado mais sombrio do peito para seguir em frente, mas que agora parecem clamar por espaço dentro de mim.

Sinto uma angústia, um misto de saudade e ansiedade, como se algo estivesse prestes a acontecer. Um frio na barriga incômodo parece tirar meu ar.

Tenho inúmeras perguntas e nenhuma resposta.

Por que ele me convidou para o casamento dele depois de tantos anos sem nos falarmos?

Por que eu estou indo?

E quanto mais rumino meus pensamentos, mais meu enjoo cresce; sendo sincero, talvez o cheiro de Cheetos sabor requeijão que a menina ao meu lado mastiga devagar demais, quase de forma metódica, esteja piorando tudo também.

Seu nome é Katarina com K, e ela faz questão de frisar isso toda vez. Me pergunto se algum trauma com uma "Catarina com C" a fez ter essa insistência pelo K.

A verdade é que eu nem pretendia ir para Oito Lagoas, mas outros compromissos coincidiram com a data do casamento.

Quando percebi, tinha baixado um aplicativo de caronas que nunca usei na vida e enviado uma mensagem para Micael, um completo desconhecido, que tem família numa cidade vizinha e oferece carona no seu carrão do ano para poder economizar com gasolina e usar o dinheiro que sobra com suplementos alimentares.

Pela foto do perfil dele eu já conseguia imaginar sua vida inteira: Micael faz engenharia na Universidade Federal de Montanha Verde, uma cidade de médio porte conhecida por abrigar universitários e idosos a uns 260 quilômetros de Oito Lagoas. Ama trap, o que deduzi pelas duas horas ininterruptas de rádio, e tem uma namorada que ele não gosta tanto assim, mas que mantém para evitar a solidão. Essa parte final eu inventei, tá bom? Só para dar mais *contexto* ao novo colega.

Ainda na minha imaginação: ao lado de Micael está Rodolfo, seu melhor amigo e o caçula de uma família de cinco irmãos. Passou em primeiro lugar na faculdade, mas logo percebeu que sua inteligência não lhe daria o status que esperava. Ter se tornado melhor amigo de Micael é como estar em outro mundo, um onde suas dificuldades parecem distantes e quase invisíveis vistas de fora, embora continuem presentes na sua rotina.

Fecho a janela e suspiro. Preciso ocupar o *meu* tempo com *algo de verdade* — ler um livro, fazer um curso, procurar outro emprego — e não me perdendo em imaginar histórias de pessoas desconhecidas como se eu ainda fosse adolescente... do jeito que eu e *ele* gostávamos de fazer.

Tiro o celular do bolso e abro um arquivo no bloco de notas chamado "PIADAS RUINS (E NÃO TÃO RUINS) PARA SEREM TRABALHADAS NO FUTURO" e escrevo:

IDEIA #129
Um fracassado em um carro cheio de desconhecidos indo pro casamento do ex-namorado que ele ainda ama. Os companheiros de viagem talvez façam parte de alguma seita estranha surgida em um fórum obscuro da internet e queiram matá-lo. E ele pensa: talvez isso seja melhor do que ir pro maldito casamento!

Este é meu bem mais precioso. Não o celular em si, mas o bloco de notas. O que, considerando que moro em São Paulo, é uma burrice total. As chances de ser furtado e perder meu *futuro* são altíssimas, então faço um lembrete mental de salvar o arquivo na nuvem assim que a internet parar de oscilar.

Antes que eu guarde o aparelho no bolso, ele vibra. *Marmitas Gays*, como é carinhosamente nomeado o grupo que tenho com meus melhores amigos, está bombando desde cedo, quando avisei que não poderia ir na festa de 32 anos da Kelly porque não estaria na cidade.

> **Marmitas Gays** 🦌
>
> Kelly: Isso é um absurdo!
> Amanda: Vai perder todas as comidas do Pará!!!!

Para Kelly, tudo é um absurdo. Ela é dramática e exagerada na mesma medida em que é acolhedora, meio mãe de todos nós — menos para a Amanda, para quem ela é esposa.

Amanda, por sua vez, é uma chantagista de primeira. Ela sabe que para me convencer a ir a qualquer lugar basta apelar para o meu estômago.

As duas vieram de Belém para São Paulo para correr atrás de seus sonhos. E não é que deu certo? Em cinco anos estão financiando um apartamento de dois quartos, o que na minha opinião é quase um feito impossível, considerando que eu me dou por vitorioso por conseguir pagar a minha parte das contas do apartamento que divido com o Léo, meu melhor amigo, sem atrasar — o que já aconteceu mais vezes do que eu gosto de admitir.

Conheci meu casal lésbico favorito graças ao Léo e seu namorado, Pedro. Léo trabalhou com a Amanda em uma exposição de arte e, quando ele comentou que tinha achado uma fã de Lady Gaga para conversar sobre, bem... *tudo o que a Lady Gaga está fazendo*, eu fiquei com ciúmes e exigi que ele nos apresentasse.

E o Pedro? Pedro é o namorado legal do Léo e o melhor conselheiro para dicas de restaurantes ao redor do mundo. Já viajou o mundo inteiro e posta tudo em um perfil privado no Instagram, com críticas honestas sobre cada lugar que visita. Eu nunca saí do país, mas curto todas as postagens como forma de apoio e um autoincentivo diário de que, no futuro, vou ter dinheiro para viajar.

> Léo: E não, eu não vou fazer uma marmita pra você, HENRIQUE!
> Pedro: Eu e Léo não estamos na fase da marmita hahaha
> Léo: ainda!!!!!!!!

Solto uma risadinha, lembrando do dia que contei para o pessoal que eu tinha sido convidado para *ser* marmita de um casal bonito do meu prédio. A Kelly, entendendo de forma completamente errada, achou que eu tinha sido convidado pelos meus vizinhos para *fazer* marmitas e distribuir para os mais necessitados e se ofereceu para ajudar na ação social. Eu demorei uma semana para contar a verdade para ela e *marmita* virou uma forma de batismo do grupo.

> Kelly: Por que pra gays tudo vira SEXO?
> Eu: Nós viemos do sexo, Kelly!!!!!
> Amanda: Tá todo mundo saindo do foco da conversaaaaa!
> O foco aqui é que o RIQUE está nos dando um bolo! 💩
> Por conta de que mesmo?
> Eu: Compromisso de família. 🫢
> Léo: Compromisso de família?!?!
> Eu achei que NÓS fôssemos sua família!
> Eu: e vocês são, irmãs!
> Mas tenho mãe biológica tbm!
> E, tipo, muitos tios e primos!!!
> Pedro: E qual é o compromisso, gay?

> Eu: Comemoração de família pq meu primo entrou na faculdade federal de Montanha Verde! E ele é o primeiro da geração dos netos a fazer isso, como muitos gostam de me lembrar!
> Mas, assim, nem vou ficar com raiva ou inveja… pq ele é legalzinho. E gay, até onde sei.
> Pedro: O primeiro neto a entrar na faculdade é gay!
> Isso é algo a se comemorar!
> Amanda: Falando assim parece até que estamos no século dezoito!
> Eu: Para gays no interior, é quase sempre século XVII!
> Kelly: O que você escreveu é século dezessete, Rique…
> Eu: Eu nunca fui bom com algarismos romanos!
> Talvez por isso eu mesmo não tenha feito faculdade.
> Mas, enfim, esse é um século igualmente horrível para ser gay e ter acesso a direitos básicos!!!!!!

É estranho *meio que* mentir para os meus amigos. De fato, estou indo para Oito Lagoas porque um dos meus muitos primos, Oliver, passou na faculdade de jornalismo e o cursinho onde ele estudou colocou um outdoor com a cara dele logo na entrada da cidade. E isso, é claro, precisa ser comemorado em grande estilo e eu seria banido da minha família se não comparecesse. Mas, por uma coincidência cruel do destino, também é o fim de semana do casamento do meu ex.

Mas como vou contar isso sem parecer que preciso de uma intervenção?

Como vou contar que precisei pegar um ônibus de São Paulo para Montanha Verde para então encontrar meus companheiros de viagem por um aplicativo de carona que tem avaliação de 2,6 estrelas de 5 e mais de cem mensagens de ódio no *Reclame Aqui* — isso porque minha cidade natal é tão pequena que só tem dois horários de ônibus disponíveis, com poltronas disputadíssimas e que obviamente não consegui comprar?

Abro a foto do grupo e encaro minha imagem, rodeado pelos meus amigos. Estou sorrindo, meus olhos castanhos quase fechados por trás da lente do óculos de leitura que precisei começar a usar porque desenvolvi astigmatismo. Meu cabelo preto estava curto naquele dia, caindo com uma franja em cima da testa. Eu estava feliz. Era meu aniversário e meus amigos tinham feito bolo de cenoura e encomendado um cento de coxinhas. E embora a minha vida, no geral, não seja do jeito que eu quero, eu sei que naquela hora eu estava feliz.

Tenho vinte e oito anos e estou correndo atrás do sonho de ter meu próprio show de stand-up comedy, o que me coloca a um piscar de olhos dos trinta e do fracasso. Trabalhar como atendente de telemarketing em uma empresa de telefonia que enrola os clientes também não é algo que me desperte muito orgulho...

Fiz escolhas — entre elas, não ficar anos me matando por uma vaga numa faculdade pública e nem passar fome para pagar uma particular. Só queria tempo para tentar fazer o que eu realmente desejava fazer. Aquela coisa poética de ir atrás do sonho, sabe? Do tão almejado sonho... Mas, agora, sentado neste carro com três completos desconhecidos que só compartilham entre si a necessidade de economizar uns trocados na viagem, voltando para a cidade onde todo mundo, inclusive meu ex, parece estar *vivendo*, fazendo algo *grande*, dando passos *importantes*, sendo *adultos*, eu sinto um aperto no peito que me faz encolher por dentro e querer ficar em posição fetal dentro de mim mesmo, enrolado como um tatu-bola. Tatus fazem isso, né? Será que tatus são depressivos?

No fim, sinto que o que tem dentro de mim é aquele antigo medo de ser engolido pela derrota.

Por isso não contei sobre o casamento para os meus amigos... preferi omitir por medo de ter que enfrentar qualquer frase motivacional ou olhares de pena. Eu tenho senso crítico. Sei reconhecer que, comparado a eles, minha vida parece desajustada demais. Então, às vezes, engulo meus desabafos, minhas dores e angústias, empurrando tudo para o fundo do estômago, com medo de ser aquela pessoa no grupo que sempre precisa de ajuda, porque, afinal, eu já *sou* essa pessoa. Talvez seja essa a causa da minha gastrite nervosa...

Abro meu bloco de ideias.

IDEIA #130

Gay amargurada indo pro casamento do ex, imaginando se o padre realmente diria aquela famosa frase dos filmes: "Se alguém tiver algo contra este casamento, fale agora ou cale-se para sempre." E aí finalmente poderia dizer que, no primeiro beijo deles, a boca de Benedito estava com tanto gosto de sushi que até hoje a gay não consegue comer comida japonesa sem ficar arrasada.

Rio sozinho. O que mais eu poderia fazer? É a minha vida medíocre. Só espero que um dia ela se torne uma boa piada e que me faça ganhar uns trocados.

— Ei, qual é a desse salgadinho aí? — Micael abaixa o som do rádio ao mesmo tempo em que vira para trás por um segundo, encontrando os olhos surpresos de Katarina com K. — Espero que não esteja sujando o meu carro... eu lavei ele ontem e... Porra!

Como se de forma ensaiada, na mesma hora em que Micael fazia seu pedido de uma forma não muito simpática, Katarina com K deixou uns dois biscoitos caírem no estofado do banco.

— Desculpa! — Ela se apressou para pegar os salgadinhos, mas só piorou a situação ao esfregar a mão lambuzada de farelo onde antes estava limpo. — É que você me deixou nervosa!

— Ah, sim! — resmunga Micael, dando um soquinho no volante. — A culpa realmente é minha!

Gente, o que está dando nessa juventude?

— Galera, vamos acalmar os ânimos — falei, me sentindo a tia madura do rolê. Mas no carro com três jovens universitários (ao menos na minha imaginação), talvez eu seja mesmo.

Não é de se surpreender que ninguém tenha me dado ouvidos. Katarina continuou choramingando — e comendo seu salgadinho — e Micael continuou xingando do banco da frente.

— Quer saber? — Ele se virou de novo na nossa direção, metade do corpo inclinado para o banco de trás. — Para de comer esse salgadinho agora! Você tá sujando meu carro todo!

— Além do cheiro insuportável! — acrescentou Rodolfo, tampando o nariz.

— Mas eu estou com fome — protestou Katarina, sem nenhum indício de querer parar de comer nem por um instante seu salgadinho de sabor artificial.

O conflito de gerações realmente é uma realidade. Eu me senti tentado a pular do carro em movimento só para fugir daquela discussão boba.

— Pessoal, por que a gente... — Eu estava prestes a recomeçar meu papel de tio apaziguador quando aconteceu.

— Já falei pra parar! — rosna Micael, descolando o corpo do banco do motorista e nadando com o braço no vazio entre os bancos, até alcançar o pacote de salgadinhos.

No instante em que sua mão se fecha na embalagem, o carro perde estabilidade e vai para a esquerda, entrando na outra pista. Rodolfo grita o nome de Micael e tenta puxar o volante de volta para a direita, mas acaba piorando a situação e fazendo o carro perder o controle.

O som dos pneus queimando no asfalto é horrível e rasga meus tímpanos feito um pedido de socorro.

Tudo ao redor gira. Olho pela janela. As árvores que rodeiam a estrada se tornam uma confusão de verde, vultos sem forma que parecem me encarar, que parecem querer me engolir.

Todo mundo grita.

Bom, eles gritam. Eu *ainda* não.

Por impulso, me inclino para a frente, como se eu tivesse a capacidade de chegar até o volante e estabilizar o carro, mas o cinto me puxa de volta com força, me prendendo ao banco. Nunca dirigi na vida, mas talvez a adrenalina do momento me faça acreditar que eu posso ajudar, que posso colocar o carro de volta na direção correta.

Não, eu não posso.

Não consigo fazer isso nem com a minha vida, imagina com um carro!

E aí sim eu grito, a ardência do cinto que marca minha pele se misturando com o pânico.

Sinto o café da manhã de horas atrás vindo parar na boca.

Meus ouvidos parecem sangrar com os gritos horrorizados de três pessoas, a música alta e os pneus cantando no asfalto, uma sinfonia desajustada e sombria.

Até que, de repente, meu cérebro entra em modo silencioso.

E só o que consigo ver são as luzes do farol do carro que vem em nossa direção, frente à frente — um beijo metálico prestes a acontecer.

A gente gira. A luz se aproxima. A gente gira. A luz cresce.

O acidente é iminente e não há nada que eu possa fazer... Se eu sobreviver, minha mãe vai ficar com tanta raiva de mim que talvez ela mesma conclua o serviço.

Tento pensar numa última piada: uma gay triste morrendo a caminho do casamento do ex que ainda ama, mas não consigo desenvolver nada além disso. Não consigo rir. É uma maneira horrível de partir deste mundo. E é a minha realidade.

Eu não quero partir, penso. *Eu não quero morrer.*

Tarde demais.

A luz me cega e então vem o impacto.

2
HENRIQUE
PRESENTE

Não, eu não morri.

Mas talvez eu *preferisse* estar morto.

Tudo dói. Meu corpo parece quebrado por dentro.

Abro os olhos e a visão está embaçada, como se um véu tivesse caído na minha frente, e sinto o cheiro da fumaça antes de vê-la. É forte, quase sufocante, como se uma serpente estivesse dentro de meus pulmões.

Há cacos de vidro por toda parte; pequenos cristais brilhando com a luz irregular que entra pelas janelas. O resultado é um universo de caleidoscópios que parece insistir em me levar para outra realidade, uma na qual ainda estou bem e seguro.

Viro a cabeça lentamente. Katarina com K tem um rastro de sangue descendo pelo pescoço. Na frente, os meninos estão encostados, seus braços unidos num ângulo estranho.

Tento encontrar minha voz. Falar algo. Mas não sai nada. Ou será que eu que não estou escutando? O fato é que não há som. Parece que a minha cabeça está embaixo da água.

Tento mexer minhas pernas e uma pontada de dor aguda sobe pela coxa. Olho para cima, para o vão deixado pelo vidro da janela que ficava ao meu lado.

O céu ainda está lá, azul, infinito, bonito, indiferente ao que acontece aqui embaixo. Indiferente à vida que transcorre ao meu lado, à minha frente, dentro de mim.

Sinto as lágrimas encharcando meus olhos e os fecho com força.

Tento respirar apesar da fumaça e do peso que esmaga o meu peito. Acho que eu estava errado...

Este é *sim* o meu fim.

Então tudo se encaixa, o mundo se alinha novamente.

— Porra... — É a primeira palavra que sai da minha boca, que nasce depois da minha segunda chance.

Me sinto sufocado naquele momento confuso, minha mente parece não compreender o que aconteceu, até que, num estalo de consciência, como uma luz sendo acesa e iluminando todo um recinto, eu volto a mim. *Eu estou vivo.*

A vibração da adrenalina corre pelo meu corpo, a imagem do farol do outro carro continua gravada nas minhas retinas, mesmo depois da colisão. Nunca pensei que a cena final da minha vida — ou algo bem perto disso — seria morrer em um acidente de carro a caminho do casamento do Benedito, ao lado de três completos desconhecidos.

O impacto entre os veículos foi uma mistura de som e silêncio. Foi estranho, surreal; tudo parecia tão devagar, como se cada movimento, cada pensamento, estivesse suspenso.

À medida em que o mundo à minha volta vai reganhando o sentido, sinto uma dor quente entre o ombro e o lado esquerdo do torso; o cinto de segurança provavelmente salvou minha vida. A embalagem de Cheetos explodiu em algum momento e deixou meu cabelo cheio de farelos. O cheiro insuportável de chulé vai ficar grudado em mim por dias.

Como se não houvesse hora pior para ser criativo, penso em uma ideia que tento decorar mentalmente para escrever depois no bloco de notas:

#IDEIA 131

Pessoas desconhecidas morrem e vão para um lugar que é tipo o purgatório, onde ficam esperando para saber se vão para o céu ou para o inferno. Alguém pergunta: "Tem Wi-fi aqui ou tentar achar uma rede aberta faz parte do castigo?"

Só então respiro fundo e pergunto:

— Tá todo mundo bem?

Um "ai, minha cabeça" e gemidos de confirmação aqui e ali indicam que, apesar de tudo, todo mundo sobreviveu, mesmo que ninguém estivesse de cinto de segurança, esses irresponsáveis; queria que minha mãe, Dulce, estivesse aqui, só pra sentir orgulho de mim.

Como pareço ser o menos prejudicado, tiro meu cinto, abro a porta e tento sair. Quase desabo no asfalto. Minhas pernas ainda estão dormentes, sem firmeza, parecendo dois pedaços de gelatina de carne.

Meio tropeçando, meio me arrastando, vou até o outro carro para ver se todos estão bem do lado de lá. Atrás de mim, ouço as portas do nosso carro se abrindo aos poucos.

Quando me aproximo do outro veículo, vejo que é uma picape vermelha, grande e cara. Eu não entendo nada de carros. Sempre que peço uma corrida por aplicativo, só reconheço o automóvel pela placa — tirando fuscas, os únicos outros veículos que reconheço são ônibus e caminhões. Mas eu sei perceber quando um carro é chique, e este é um desses.

A picape vermelha parece ter sofrido menos impacto. Tem fumaça saindo do motor, mas, de onde estou, parece ser o único problema.

Olho para o banco do carona e vejo que o espaço está vazio. Na poltrona de trás também não tem ninguém. No banco do motorista, a fumaça está mais concentrada, impedindo a visão. Até que escuto a porta se abrindo e alguém sai tossindo. Um homem.

— Ei, você tá bem? — pergunto.

Mal consigo ver seu rosto, tamanha quantidade de fumaça que o rodeia.

— Tô... — diz ele, e tosse — Tô bem!

A tosse sugere o contrário.

Solto um suspiro, olhando para o céu azul. Eu devia ter ficado em São Paulo para o aniversário da Kelly, devia ter escutado meus amigos. Meu primo nem ia sentir minha falta, muito menos o Benedito, que vai se casar com alguém mais bem-sucedido, bonito e promissor. Não que seja difícil ser mais bem-sucedido, bonito e promissor do que eu, vamos combinar.

Pego o celular para ligar para a polícia. É isso que se faz, né? Ou é para os bombeiros? Abro o aplicativo de mensagem para perguntar no grupo, porque com certeza meus amigos vão saber a resposta, mas o ícone de carregamento indica que estou sem sinal. Devemos estar em uma área da estrada sem cobertura.

Olho ao redor em busca de ajuda, mas só vejo mato. E mais mato. E ainda mais mato.

Estamos bem no meio da estrada para Oito Lagoas, sem um carro à vista.

De repente me lembro de um dos motivos pelos quais eu odeio esse fim de mundo com todas as minhas forças.

— Gente! — falo alto para todos ouvirem. — Meu celular tá sem sinal. Alguém tem sinal aí? Precisamos ligar pra polícia. Ou bombeiros. Defesa Civil, talvez? Não sei! Ligar pra alguém!

— Henrique?! — Escuto alguém falar com uma mistura de choque e... não sei, tem *algo* a mais.

— Sim, esse é o meu nome. — Viro para os meus companheiros de viagem, encarando-os sem paciência, mas nenhum deles parece ter falado comigo; todo mundo está sentado no chão, apertando partes do próprio corpo, como se para se certificar de que estão no lugar.

Então me viro de novo para a frente e finalmente vejo o homem da picape saindo da cortina de fumaça. Não é uma cena de cinema, em câmera lenta, bonita e tocante. Não está tocando uma música de fundo bonita e triste ao mesmo tempo.

É apenas uma imagem caótica.

Minha garganta se fecha, meu peito dói e meu coração bate tão forte que parece que fui eletrocutado. Culpa da pessoa que estou vendo se aproximar.

O homem que estava no outro carro.

Benedito.

Meu ex!

O que vai se casar!

— Henrique! — Os olhos dele estão arregalados com um misto de choque, emoção que já reconheci na sua voz, e... entusiasmo?

Pisco uma, duas vezes. Parece que estou vendo um fantasma.

— Oi, Benê. — Engulo em seco. — Benedito.

Levanto a mão para um aceno rápido. Mas Benedito não percebe meu nervosismo nem a minha necessidade de manter distância; ele avança e me puxa para um abraço apertado, tirando o pouco ar que ainda resta no meu corpo.

Benedito é assim: abraça de verdade, como se quisesse curar o mundo com os braços. Como se abraçasse a alma.

Por um instante fecho os olhos, perdido no calor do seu corpo. Esse abraço já foi o meu abrigo, o lugar seguro no qual eu podia existir sem medo. O lugar no qual pensei que o meu futuro estaria guardado, como um mapa do tesouro que se revela para quem merecesse.

Só que eu estava enganado.

De forma lenta, mas ainda segurando meus ombros, ele me solta e recua um passo, sorrindo com os olhos um pouquinho fechados, porque quando ele sorri, ele sorri de verdade, com o rosto todo.

Encaro seu rosto depois de 12 anos de distância e posso confirmar que as poucas fotos que ele posta nas redes sociais não fazem justiça.

Benedito é absurdamente bonito! É difícil segurar a onda.

Ele tem a pele marrom, um tom reluzente que parece conter o próprio brilho do sol; olhos castanhos, maxilar marcado e barba rente. Seu nariz é grande e anguloso, algo que eu sempre achei um charme. A boca é grande, carnuda, e parece sempre úmida. No momento, os cabelos cacheados estão compridos, caindo pela nuca e escapando de um chapéu preto estilo cowboy.

Benedito vem de uma família de fazendeiros. Tem *posses*, como minha avó gostava de falar, como se fosse uma atriz de novela de época. E ele é meio que o estereótipo do caubói bonitão que usa blusa xadrez, calça jeans apertada e botas (exatamente as peças que ele está usando agora). Um estereótipo *muito do gostoso*, só pra deixar claro. E mesmo que Benedito não usasse nada disso, ele ainda seria absurdamente bonito. Pensando bem, sem roupa ele é ainda ma...

— Uau! — É o que consigo dizer.

— Uau! — repete ele, ainda me olhando como se estivesse diante de uma entidade, algo quase mágico.

— Quanto tempo... — Quase solto uma risada, mas me contenho porque ainda que surpreso, estou no meio do local de um acidente. Eu devia estar tenso, assustado, apavorado. Mas, em vez disso, minhas bochechas ardem e sinto um frio na barriga.

— Pois é — responde Benedito olhando para os lados. — Você está morando em São Paulo, né? Cidade grande... Eu vi nas redes. — Benedito recua, tentando entender o que aconteceu, mas um pouco envergonhado.

Benedito é engraçado. Não diz "Instagram", nem "X" (nem eu digo "X"). Ele só fala *redes*, como a minha tia-avó fala até hoje.

— É, pois é — solto, sem conseguir desenvolver um diálogo.

Não quero dizer que essa vida que todo mundo daqui imagina na cidade grande é mais uma fantasia. Que na maior parte do tempo se resume a tentar segurar as pontas me sentindo extremamente triste, enquanto pisam no meu pé no vagão lotado, estando atrasado para um trabalho que eu odeio, e a esconder o celular sempre que saio do metrô por medo de ser assaltado.

Voltamos a nos olhar e ficamos presos em um instante caótico em que parece que o mundo ao nosso redor parou de girar, como se alguma coisa estivesse para acontecer. O frio na barriga fica mais forte. Como naquele segundo de suspensão que antecede algo capaz de mudar tudo. Arrancando você da inércia, te levando a algum lugar que você talvez nem conheça.

Então, Micael pigarreia. Alto demais para ser natural.

— Oi, sou Micael! — Ele aparece entre a gente e estende a mão. — O dono do outro carro.

— Ah, oi, Micael! — Benedito segura a dele com as duas. — Sou Benedito. Tá tudo bem contigo?

— Tá sim. E com você?

— Tô tranquilo. E o pessoal no seu carro?

— Todo mundo respirando e com os dois braços. — Micael faz a piada e ri sozinho.

Esse sem noção... A gente podia realmente estar *sem* respirar e *sem* os dois braços, cara! E tudo isso por conta de alguns farelos!

— E o carro? — pergunta Micael com um toque de medo.

— Acho que tá inteiro... — Benedito se vira na direção da picape. — Acho que só quebrou o vidro da lanterna, mas é coisa simples, o seguro cobre. E o seu?

— Amassou um pouco a lataria, mas acho que dá pra seguir. E, olha, me desculpa, tá? A culpa foi minha, entrei na sua pista. Não tenho seguro, mas...

— Relaxa. Acidentes acontecem. — Benedito dá um tapinha no ombro dele. — Cada um fica com seu prejuízo, pode ser?

— Pode, sim! — Micael abre o primeiro sorriso desde que a viagem começou. — Então — ele me olha —, vamos seguir? Tá todo mundo bem, e pelo jeito aqui não tem sinal de celular, então...

"Tá todo mundo bem." Será que estamos bem mesmo, Micael? Porque parece que eu vou infartar.

Meu coração não desacelera. Ele ainda soca meu peito como se quisesse fugir pela boca e se aninhar ao lado de Benedito, de onde sente que nunca devia ter saído. Coração idiota.

— Essa estrada perdeu o movimento depois que abriram a rodovia nova. — Benedito dá de ombros. — Quer dizer, ela inaugurou tem uns dois anos e acabou virando a principal, então nem é tão nova assim.

— E por que não pegamos a rodovia principal? — Viro meu rosto e encaro Micael.

— Porque por aqui economizaríamos dois quilômetros de combustível e, você sabe, o combustível tá caro pra caramba... — responde Micael como se fosse o argumento mais lógico do mundo, ignorando completamente que na outra rodovia teríamos mais segurança, sinal de celular e infraestrutura. — Partiu, então?

Micael volta pro carro e vejo os outros passageiros entrando também, mas eu fico parado, movimentando a cabeça em confirmação, mandando meu corpo se mexer, mas meus pés estão estáticos, não me obedecem.

A adrenalina do acidente passou, mas a do encontro com Benedito está a todo vapor. Qual a probabilidade de isso acontecer? Não sei se quero deixar ele ir embora e... Quer dizer, eu sei, eu sei. Ele vai se casar amanhã! Eu não tenho que deixar nada. Mas o que eu posso fazer? Como eu deveria agir? Tem um turbilhão dentro de mim!

Eu vinha me preparando mentalmente para vê-lo subir no altar com outro cara, não pra me envolver em um acidente de carro com ele um dia antes do casamento.

Respiro fundo. *Sou* um adulto. *Preciso* ser adulto.

— Benê, eu vou indo então...

— Pra onde?

Falamos os dois ao mesmo tempo.

— Pra Oito Lagoas, né? — respondo com uma risadinha tensa. *Para a cidade onde você vai dizer sim para outro homem,* penso em dizer entre dentes como um cão raivoso, mas não o faço, até porque não tenho direito nenhum.

— E você?

— Te dou uma carona. — Ele nem parece pensar no assunto por um instante sequer. — Trouxe mala?

É Micael que responde por mim, vindo da parte de trás do carro com a minha mala na mão. Tipo, o cara nem me deixou responder! Tudo está acontecendo rápido demais. Eu nem decidi ainda se continuo a viagem com Micael ou com Benedito! Até porque eu paguei pro Micael, então tenho direito sobre os quilômetros que restam.

Benedito também não espera uma resposta minha; ele vai até Micael e depois volta para mim puxando minha mala de rodinhas praticamente vazia, com espaço o suficiente para voltar cheia de potes de comida da minha família.

Meu coração vai explodir, juro. Ansiedade? Medo? Excitação? Infarto? O que é isso que estou sentindo?

Quando Benedito acomoda minha mala no baú da picape, faço um gesto para ele me olhar.

— Eu não acho que seja uma boa ideia.

— Por quê? — Benedito me encara com a testa franzida, a aba do chapéu fazendo sombra em seus olhos.

Os olhos de Benedito são incomuns. Apesar de o castanho predominar, cor de chocolate, um marrom suave, há um círculo dourado em torno da pupila, bem sutil em sua íris. Sempre olhei isso e me lembrei de girassóis. E agora, frente a frente com ele, a lembrança volta aos solavancos.

— É que... — Busco desesperadamente por alguma desculpa. — Benedito, você nem estava indo para Oito Lagoas.

O carro dele estava na direção oposta, saindo da cidade. Essa é uma justificativa forte e totalmente plausível.

— Eu sei. — Ele apenas dá de ombros, como se espantasse um mosquito, sem me oferecer nada a mais.

— Então... não precisa se incomodar e...

Antes que eu termine a frase, o carro de Micael arranca pela estrada, fazendo um barulho metálico horrível e sumindo depois da curva numa cortina de fumaça.

Volto a olhar para Benedito, que parece estar segurando o riso.

— O que você dizia mesmo? — provoca ele, apoiando o braço no baú da picape.

— Cala a boca, vai. — Reviro os olhos, me esforçando para não sorrir. — Eu vou ficar aqui e esperar uma carona.

— Vai mesmo? — Benedito cruza os braços, o olhar queimando em desafio.

— Você duvida?! — Sustento seu olhar por um instante, e então me viro e vou para o meio da rua, encarando a estrada que parece não ter fim.

Encaro o horizonte em busca de algum sinal de vida. A estrada está deserta e de repente vejo os vestígios do acidente no asfalto. A freada brusca no chão parece quase uma tatuagem.

— Henriqueeeee... — Benedito me chama, quase cantando o meu nome.

Eu não quero entrar no carro de Benedito, onde seu cheiro, seu DNA, sua personalidade, estão impregnados em absolutamente tudo. Já estou com medo suficiente do tempo que vou precisar para me recuperar desse novo encontro.

Confesso que uma parte de mim queria vê-lo pessoalmente apenas para me testar; para ter plena certeza se tudo o que senti por ele ainda estava guardado em algum lugar dentro de mim, um lugar controlado, que não me machuca mais.

Uma vez, falando sobre Benedito com o Léo, quando eu nem imaginava ser convidado para o tal casamento, ele trouxe luz à possibilidade de eu ainda estar acorrentado aos sentimentos da minha versão jovem, e que, talvez, quando eu visse Benedito *hoje*, no presente, percebesse que a versão dele que eu amei nem exista mais.

Fiquei com essa ideia fixa enquanto decidia se viria ou não para Oito Lagoas. Por um lado, seria uma forma de me libertar, de sentir que fechei um ciclo.

Mas não é bem isso o que está acontecendo...

— Henrique... — Benedito buzina de dentro da picape. — Eu te disse, ninguém mais usa essa estrada. Você vai esperar por dias até algum carro passar por aqui.

— Que exagero....

— É sério.

— Bem, você estava usando essa estrada hoje mesmo!

— Porque eu não queria ser visto! — Ele dá ré e para ao meu lado. — Anda, eu te deixo em casa. Para de ser teimoso.

— Eu não vou! — Cruzo os braços e o encaro com firmeza.

— Beleza. — Benedito dá de ombros. — Então você vai ficar sem seus pertences!

— Ei, isso é roubo!

— Beleza, então, tchauzinho...

Olho para os dois lados da estrada e realmente não há um rastro de vida humana em parte alguma. Solto um som esquisito, de derrota, enquanto dou meia-volta e abro a porta do carona.

Benedito me encara, parece que está prendendo o riso. Eu apenas olho para a frente, sem olhá-lo de verdade.

— Sem comentários, ok? — digo entre dentes — Senão eu me jogo do carro em movimento e te traumatizo para sempre.

— Certo. — Benedito passa a primeira marcha e arranca com o carro. — Acho que temos um combinado.

Fazer o restante do caminho a pé por orgulho? Tenho princípios, mas não sou idiota.

3
benedito
passado

eu tinha sete anos quando ele chegou.
    lembro de tudo.
    cada detalhe.
eu vivia cercado de uma solidão densa, com meu pai sempre ausente por conta do trabalho e minha mãe sempre com os olhos voltados a alguém que não era eu.
me acostumei com isso.
aprendi a gostar do silêncio, a brincar com a minha sombra, a existir nas pausas.
na minha cabeça, eu brincava de comer palavras.
já que elas não eram ditas, imaginava que iam se empilhando lá no fundo do meu estômago.
eu as guardava para mim.
era uma criança moldada no silêncio das coisas.
até que, naquele dia frio, ele chegou.
uma nova moça começaria a trabalhar na cozinha, cobrindo as férias da outra funcionária.
essa nova cozinheira tinha um filho da minha idade e o trouxe naquele dia.
lembro que eu estava filmando pássaros da minha janela, com a câmera que tinha ganhado de presente de natal e, assim que ouvi vozes novas, corri para ver quem era.
"não tinha com quem deixar ele", disse a mulher, toda acuada, "mas estou fazendo de tudo para isso não se repetir."

"que seja", disse minha mãe quando ela chegou, "contanto que ele não faça bagunça ou atrapalhe o seu serviço, eu não ligo."

em tradução, a criança precisava ser imaterial.

tal qual eu era.

minha mãe sempre foi uma mulher que gostava de coisas bonitas.

vivia ocupada com cabelos, sobrancelhas, unhas, aparência — preocupada com o exterior, nunca com o essencial.

para ser o filho perfeito, eu precisava ser mudo.

para ser o filho perfeito, eu precisava ser invisível.

se o filho da cozinheira fosse mudo e invisível, minha mãe não se importaria.

no saguão da cozinha, assim que minha mãe foi embora, ele saiu de trás do corpo da própria mãe e me estendeu a mão.

"meu nome é henrique. e o seu?"

eu me senti... tímido.

ele parecia tão à vontade, como se o mundo girasse só para vê-lo.

henrique era menor do que eu.

henrique parecia ser mais frágil do que eu.

de onde vinha aquela confiança?

"não perturba o menino, henrique", disse a mãe dele.

meus olhos se arregalaram de medo.

ele não estava me perturbando...

"benedito," respondi rápido demais, quase em silêncio.

minha boca parecia muito seca.

lembrei que eu sentia medo de ficar tanto tempo sem falar a ponto de desaprender as palavras.

tinha medo de perder a língua e nunca mais encontrá-la.

"parece nome de avô, de gente velha", disse henrique, e riu.

mas não foi uma risada de escárnio, de maldade.

foi uma risada boba, de quem acha as coisas mais simples engraçadas.

e eu ri também, porque aquilo era o tipo de coisa diferente, engraçada e terrível de se ouvir, tudo ao mesmo tempo.

naquele momento, senti algo se abrindo dentro de mim.

eu podia confiar nesse menino.

eu podia ser amigo dele.

"henrique!", repreendeu a mãe, olhando para ele com uma expressão severa.

"desculpa", sussurrou ele para mim, me olhando de baixo pra cima, cabeça baixa.

"vem comigo", tomei coragem e indiquei o caminho. "vamos brincar."

corri para o quintal e ele veio atrás, apressado, antes que a mãe o impedisse.

fui com henrique para a parte de trás do quintal da fazenda, onde a mata era mais verde e o cheiro de fruta inundava o ar.

"do que você quer brincar?", perguntou ele, animado.

"de cinema", respondi, inseguro.

"de cinema?"

"é. mas, se você não quiser..."

"não, eu topo. só me explica como funciona."

meus olhos se arregalaram sem que eu percebesse.

henrique não era como as outras crianças.

diferente até dos meus primos, que riam ou implicavam quando eu sugeria alguma brincadeira que me agradasse, henrique não achou graça.

ele simplesmente topou.

a brincadeira era bem simples, afinal de contas.

eu tinha ganhado uma filmadora, mas nunca tinha ninguém para participar das minhas ideias.

eu estava cansado de ser o único ator dos meus filmes.

eu tinha que criar, filmar e atuar, tudo sozinho.

eu estava cansado de ser sozinho.

brincar assim já não tinha mais graça.

um amigo como henrique era o que faltava pra mim.

"o que eu faço?", perguntou ele quando eu apontei a filmadora na sua direção.

"qualquer coisa!", respondi, "este é apenas um teste."

"qualquer coisa?", repetiu ele, estimulado pelo desafio.

"qualquer coisa!", gritei de volta, animado.

eu aceitaria qualquer coisa.

qualquer coisa era mais do que eu normalmente tinha.

henrique assentiu e então se transformou na frente das lentes.

ele contava histórias, piadas, ria sozinho, como se tivesse feito isso a vida toda.

em um momento, ele era um cavaleiro na idade média com o sonho de ir para o espaço.

em outro, um jovem príncipe com a missão de se casar com um dragão de fogo.

sua imaginação parecia não ter limites.

eu ria tanto de suas histórias sem pé nem cabeça que o foco da câmera chegava a tremer.

não era o ideal, digo, ter uma imagem tremida, mas era como se eu fosse engolido pela alegria.

em certo momento, desabei no gramado, minha barriga sacudindo em gargalhadas intensas.

henrique agora atuava como um cachorro que queria ser um gato.

de onde esse moleque tirava essas coisas?, eu me perguntei, ainda do chão.

a filmagem estava sendo um desastre, eu sabia.

mas então henrique se aproximou da câmera, quase colando o rosto na lente e, com um sorriso orgulhoso, salvou a cena.

"qual é o cachorro que é ótimo em mágica?", perguntou ele para a câmera.

henrique estava quase em cima de mim.

eu não sabia o que dizer.

"não sei!", respondi.

henrique esperou alguns segundos, encarando a lente da câmera como se olhasse para a plateia, e disse:

"o labracadabra!"

era tudo tão bobo e engraçado que me acabei de rir.

eu podia ver o céu da boca dele pelo vão da frente onde um dia ficaram seus dentes de leite.

henrique deitou do meu lado, rindo alto.

um ator completo, cansado após tanta entrega.

aquele seria o primeiro de vários filmes que faríamos juntos, até a câmera parar de funcionar, até crescermos e não vermos mais graça nas coisas bobas da vida.

mas, naquele primeiro dia, eu senti que não precisava mais engolir as minhas palavras.

elas tinham, sim, sentido em existir.

de alguma forma, henrique ficaria feliz em recebê-las.

04
HENRIQUE
PRESENTE

Os primeiros dez minutos da viagem na picape vermelha de Benedito são silenciosos, mas de um jeito suave, quase familiar, confortável; o rádio toca baixinho uma estação de músicas antigas, e, mesmo com o ruído metálico vindo de algo arrastado sob o carro — provavelmente resultado da batida —, logo me acostumo com essa nova realidade.

Eu poderia ser feliz com Benedito? Eu tinha feito essa pergunta para mim mesmo tantas e tantas vezes, e agora, sentado ao seu lado, ela volta a arder na minha mente. Só que essa possibilidade nunca pareceu concreta. As feridas que a partida dele deixou em mim ainda não haviam cicatrizado, e o distanciamento físico tornava ainda mais alto o silêncio de um "perdão" que nunca chegou. Não que tenhamos alguma chance agora, porque ele vai se casar..., mas meu coração e minha mente estão em guerra neste momento.

Benedito solta um pigarro, chamando a minha atenção.

— Quantos anos que a gente não se vê? — pergunta ele em tom suave, mantendo os olhos na estrada.

Sinto curiosidade real na pergunta.

— Quase dez anos, né? Acho que é isso...

São 12. Dou de ombros, tentando disfarçar a intensidade da aproximação, encenando uma falsa casualidade. Desvio o olhar, fixando-o em minhas mãos fechadas sobre as pernas. Respiro fundo. Já faz muito tempo; não deveria mais me machucar tanto.

— Muito tempo. — Benedito solta uma risadinha. *Sério que é isso que ele tem pra mim? Uma risadinha?* — Parece outra vida.

— Sim. Parece.

— Eu mal me reconheço quando vejo alguma foto antiga... Isso acontece com você também?

— Às vezes — minto, e quero desesperadamente que a conversa acabe.

Eu ainda me sinto o menino de 16 anos que foi deixado para trás. Não consigo ver uma evolução, um caminho percorrido; parece que estou sempre só recebendo migalhas e tentando lidar com elas da maneira menos danosa possível.

Foi uma ideia estúpida aceitar essa carona. Foi mais idiota ainda ter pensado em vir para o casamento. Nós não temos mais nada. Nossos laços foram enterrados e deixados para morrer no passado.

Benedito sabe disso.

Ele seguiu em frente.

Quem ficou para trás fui eu, olhando para um passado fechado, imaginando um futuro aberto.

E agora, dentro do carro dele, com ele a centímetros de distância, sinto que todas essas feridas foram reabertas à força, deixadas expostas para sangrar.

— Às vezes, eu vejo aquelas filmagens, sabe? — Benedito abre um sorriso. — Aquelas que eu fazia quando criança... Lembra?

Lembro. Eu lembro de tudo. Como eu poderia esquecer?

— Hum, não lembro... — minto novamente e coço os braços com nervosismo. — Quais filmagens?

— Ah, você não deve lembrar mesmo... a gente era bem novo. Devíamos ter o quê, uns sete, oito anos? — Ele espera por uma resposta que não dou. — Mas eu tinha uma câmera e gostava de filmar o mundo. E você, bem, você gostava de aparecer. De ser filmado. — Benedito passa a marcha e me olha. — A gente era uma boa dupla.

Sinto seus olhos em mim pela visão periférica. Eu conheço de cor aqueles olhos castanhos com um girassol desenhado na íris. Nunca me esqueci. Não preciso encará-los para sentir a intensidade deles.

— É, imagino que sim. — Dou uma risadinha seca. — Mas eu mudei muito... Eu era uma criança feliz, falante... Agora eu sou mais introspectivo, eu acho.

— Entendi. E o que você tem feito da vida? — Benedito insiste no diálogo, incapaz de deixar a conversa morrer. — Trabalho, relacionamento? Me conta tudo.

A pergunta me atinge como um soco.

É como encarar um vidro trincado e, de repente, presenciar o exato momento em que tudo se estilhaça.

Se Benedito soubesse como dói quando eu mesmo faço um balanço da minha vida e vejo que não conquistei nada, teria ficado calado.

Olho para a janela, para a paisagem bucólica. Tento decidir se vou em busca de uma resposta ou simplesmente me jogo do carro em movimento. Mas a verdade é que nada do que fiz até hoje, aos 28 anos, é digno de orgulho. E eu prefiro o silêncio a ter que falar do meu medo do futuro para Benedito.

— Você estava indo na direção oposta de Oito Lagoas, né? — Mudo de assunto de forma natural, porque é a única maneira que consigo pensar para fugir da situação. Jogo o foco nele, lembrando que ele também fugiu do assunto quando comentei isso antes de aceitar a carona.

— Oi? — Ele aperta os olhos, como se isso fosse ajudá-lo a ouvir melhor, mas sei que está ganhando tempo.

— Na hora do acidente... — Nós dois somos craques nesse jogo de desconversar, e eu é que não vou perder. — Você estava de um lado da pista, e eu, do outro.

— Ah, é... verdade. — Uma ruguinha aparece entre os olhos de Benedito, claramente desconfortável. — Eu *estava*.

— Sem querer ser fofoqueiro, mas... — Penso antes de continuar, mas quase sinto um gosto doce na língua por deixar Benedito constrangido, então continuo: — Você não vai se casar amanhã? Não deveria estar ocupado com alguma coisa da cerimônia em vez de andando por aí por uma estrada deserta?

— Nem vem com esse papo de "sem querer ser fofoqueiro"! — Benedito faz uma careta. — Você sempre *adorou* fofocas!

— Quê? — Benedito quer mesmo me ganhar nesse jogo? Ele não me conhece mais, não sabe com quem está lidando..., mas vamos ver até onde ele consegue ir. — Como assim?

— Eu lembro bem que você adorava saber da vida dos outros, até de pessoas que mal conhecia! Lembra quando você inventava histórias para pessoas na rua?

— Estou me sentindo atacado! — Finjo estar ofendido, levando a mão ao peito de forma exagerada. Depois, me inclino na direção dele com o dedo em riste. — Só pra constar: as minhas histórias inventadas eram uma brincadeira nossa da qual você participava de forma bem ativa e de forma alguma devem ser consideradas fofocas. Eram apenas uma demonstração de criatividade infantil da mente de um jovem artista. E, se me lembro bem, você adorava ouvi-las.

— Claro que eu adorava! — Benedito me olha com aquele sorriso incrédulo. — Eu era seu namorado!

Perco o ar por um segundo.

A palavra *namorado* me dá um tapa no rosto. Quase consigo sentir a ardência na pele macia da minha bochecha.

Então ele lembra do que vivemos?

Quer dizer, que pensamento idiota. É óbvio que ele lembra… mas é que…

— Aham, sei. — Minha resposta sai curta; minha língua parece pesada.

Por que ele está fazendo isso? Por que está me provocando, evocando memórias do nosso passado?

Reviro os olhos, respiro fundo, tentando me recompor. Talvez ele nem tenha ideia do que ainda me causa…

É óbvio que não tem como ele saber o que *ainda* sinto.

As pessoas vivem histórias de amor, terminam e superam. Seguem em frente. Esse é o ciclo natural da vida. Ninguém fica estagnado por anos, pensando em como as coisas seriam se tudo tivesse sido diferente…

— Então vamos fingir que você me escutava com muita atenção e interesse apenas para cumprir seu papel de *bom* namorado, mesmo que nenhum de nós acredite nisso — provoco com um sorrisinho debochado.

— É. — Benedito me olha, reflexivo.

Ele abre a boca e parece que vai dizer algo, mas desiste no meio do caminho, prendendo as palavras entre os dentes e as engolindo.

Lembro dessa expressão, é como um flash de outra vida. Benedito foi uma criança muito diferente de mim; mantinha a boca muito fechada e o olhar sempre alerta. Parecia viver à espera do pior, como se uma palavra errada fosse capaz de causar uma tragédia. Eu era o oposto: espevitado, corajoso, destemido, falando o que vinha à cabeça sem filtro.

Lembro da minha versão mais jovem e quase não me reconheço. Quando foi que tudo mudou? Quando deixei as palavras se esconderem dentro de mim, mais confortáveis ali no escuro do que no mundo real? Quando deixei minha personalidade solar se tornar tão opaca, sem brilho?

— Você ainda não respondeu para onde estava indo… — digo baixinho, incapaz de ceder e aceitar que esse é um assunto que ele não quer destrinchar. — Desculpa insistir nisso, mas tenho a sensação de que estou te atrapalhando porque te fiz mudar de rota.

— Henrique. Eu já disse. — Benedito tira os olhos da estrada por um momento, com um sorriso tímido, e os pousa em mim. — Você não está me atrapalhando.

— Se ainda te conheço bem, sei que você diria isso pra qualquer pessoa, mesmo que ela estivesse literalmente te atrapalhando.

Benedito suspira, aparentemente cansado.

— Henrique. — Ele repete meu nome, firme e tranquilo. — Eu... Deixa pra lá.

Abaixo o som do rádio e viro meu corpo de lado, para ficar de frente para ele. Desta vez quero olhar nos seus olhos castanhos, movido por uma coragem que não existia minutos atrás, mas agora é Benedito que se mantém atento na estrada, incapaz de me encarar. Me contento em olhar o seu rosto de perfil; o brilho do sol que entra pela janela ilumina metade da sua face, deixando sua pele marrom quase laranja, brilhante.

Faz 12 anos que não vejo Benedito e ele está ainda mais bonito... parece até que há uma aura ao redor do seu corpo.

— Pode falar, tá tudo bem — incentivo, percebendo sua hesitação.

Ele pigarreia e segue sem me encarar. Eu entendo bem essa batalha com as palavras, essa guerra interna com a linguagem; eu a travo mais vezes do que gostaria e quase sempre escolho o silêncio. Então, por fim, ele suspira.

— Hoje é minha despedida de solteiro. — As palavras saem atropeladas, rápidas, como se ele quisesse se livrar delas logo. — E talvez, só talvez, eu tenha fugido.

— Uau. — Minha resposta é curta.

É estranho pensar que meu primeiro namorado vai se casar. E parte de mim queria ouvir outra coisa... Tipo, que ele desistiu do casamento e estava fugindo? Que ele percebeu que não ama o noivo e que ainda pensa em mim? Na minha cabeça, são opções bem melhores.

Cruzo os braços contra o peito, como se pudesse conter minha frustração, sufocá-la até que deixe de existir.

Sou um escroto e egoísta por querer isso, eu sei, mas acho que, bem no fundo, eu só queria ter certeza de que ele também sente algo. Que eu não fiquei para trás sozinho com esses malditos sentimentos. Mas não adianta, estamos mais uma vez em torno do assunto "casamento iminente".

— É... — Benedito solta o ar com força, e vejo as veias das suas mãos latejarem quando ele aperta o volante.

— Mas isso é o normal, não é? Despedida de solteiro antes do casamento. Ao menos com os héteros eu sei que rola e é meio que uma tradição. Não sei para um casamento gay... — Desando a falar para conter meu constrangimento. — A gente nem podia casar até ontem. Que loucura pensar nisso! O Estado não deixava duas pessoas que se amavam se casar. Então morar juntos já meio que configurava um casamento. Ao menos com todos os meus amigos casados foi assim.

— Acho que sim.

O clima pesa, por mais que eu tenha me esforçado em trazer uma normalidade que não existe.

Mas também, o que Benedito queria? Que a gente conversasse apenas sobre amenidades quando ele vai se casar amanhã? Existem 12 anos de abismo entre nós dois. Não consigo fingir que esse tempo não existiu, que não nos afastou.

Olho pela janela, sentindo lágrimas nos olhos... Na realidade, ele não fez nada de errado. Benedito tem 28 anos também. É um adulto. Ele encontrou alguém com quem quer construir uma vida. E se esta outra pessoa sente algo parecido, naturalmente elas duas se casam.

Ele não tem culpa por eu nunca ter conseguido sair da fossa. Ele não tem culpa por eu nunca o ter superado completamente. Ele não tem culpa por eu ter me enfiado em um casulo tão profundo de solidão e tristeza porque assim sinto que ninguém pode me machucar.

Fora que não é só Benedito que segue por esse caminho; todos os meus amigos são casados, têm empregos estáveis e estão pensando em financiamentos de apartamentos e viagens internacionais.

É isso.

O erro sou eu.

Eu é que não tenho ninguém e estou em um emprego horrível por sobrevivência.

Eu sou o ponto fora da curva.

Eu sou o efeito colateral.

Pego meu celular e digito freneticamente

#IDEIA 132

Gay chegando na casa dos trinta anos sem qualquer ambição real, deseja apenas realizar seu sonho de ser um mestre Pokémon. "Qual o problema de ser o rei das PIKASchucas?!"

Quase solto uma risada. Nossa, horrível.

— Onde era? — pergunto, guardando o celular, tentando ser maduro.

— O quê?

— A despedida de solteiro.

— Ah... num bar.

— Achei que essas despedidas fossem, sei lá, à noite? Com strippers? Homens pelados sentando no seu colo? Alguém muito gostoso lambendo seu mamilo?

Benedito solta uma risada, e fico satisfeito de o clima estar menos tenso.

— É que o pessoal resolveu fazer uma despedida que durasse o dia inteiro. Começava no almoço e todo mundo ia beber até o último sobrevivente estar de pé. — Ele quase sorri enquanto me encara. — Até onde eu sei, não teríamos homens pelados nem ninguém lambendo meu mamilo.

— Que pena! — Pisco o olho pra ele, rindo também. — E as pessoas não vão se preocupar com seu sumiço?

— Acho que não. Todo mundo já estava meio bêbado...

— Ah, legal — digo, assentindo. — E como é a despedida de solteiro de um casal gay? — pergunto, curioso, incapaz de ficar quieto. — Já que infelizmente não temos *gogo boys* por aqui.

— É, sem *gogo boy*. — Benedito ri, despreocupado. — Acho que vou te decepcionar, mas eu sou um cara tranquilo. Minha ideia de despedida de solteiro era estar reunido com meus amigos e familiares, todo mundo bebendo até cair, cantando Marília Mendonça a plenos pulmões. Só não dou certeza absoluta de que isso está acontecendo agora porque, bem, eu *fugi* da minha.

— *Sua*? Então era uma despedida diferente da do seu... — engulo em seco — noivo?

— Aham. William quis fazer a dele num spa, com massagens, limpeza de pele, tudo à vontade para ele e os melhores amigos.

— Ele foi esperto. — Respiro fundo, controlando meu azedume, voltando a me sentar direito e a olhar para a frente. — Vai estar com a pele impecável amanhã.

William, o futuro marido de Benedito, é cabeleireiro num desses salões sofisticados. Musculoso, rosto harmonizado, meio plástico pro meu gosto, no estilo sertanejo sarado com gel no cabelo. Digo, não que eu *às vezes* dê uma stalkeada nas suas redes sociais...

— E por que você fugiu? — pergunto com uma curiosidade genuína.

— Não sei, para ser sincero. Estavam todos lá, meus amigos, tios, primos... meu *pai*... Todo mundo feliz. Parecia ser exatamente o que eu tinha imaginado. Mas, de alguma forma, eu só *quis* ir embora. Era como se algo estivesse me mandando sair dali, sabe? — Ele suspira, e, no silêncio de nós dois, até o som baixo do rádio parece alto. — Acho que fiquei com medo. Eu só olhei para aquilo tudo e senti que não devia estar ali...

De repente, algo se move dentro de mim. Saudosismo, talvez. Talvez o carinho que sempre senti por Benedito e mantive a sete chaves dentro do meu peito. Talvez a sensação de que os pais dele tiraram o que eu tinha de mais precioso aos 16 anos e esse buraco nunca fechou completamente. Talvez meu ego. Talvez meu apego à melancolia e à tristeza. Ou talvez tudo isso junto, não sei, mas fato é que essa coisa chacoalha dentro de mim como um passarinho tentando bater asas nas palmas fechadas das mãos de alguém.

— Para o carro.

— Quê? — Benedito me olha assustado.

— Para o carro.

— Não me diz que você vai descer... vai?

— Não, bobo! Eu tô me expressando errado também. O que quero que você faça é dar meia-volta.

— Na direção oposta de Oito Lagoas?

— Isso! Você não estava andando sem rumo, pensando na vida, meio largadão, meio em busca de um propósito? Então. Vamos fazer isso juntos.

Nem sei de onde veio isso. Não sou assim. Mal reconheço aquela ideia, a minha voz e a segurança que falsamente encobre meu timbre. Dita em voz alta, ela pareceu mais idiota e menos inspiradora do que tinha soado na minha cabeça.

Mas Benedito me devolve um sorriso agradável e sincero. Um sorriso que me lembra muito do Benedito criança, que não deixava o medo eclipsar sua empolgação sempre que eu inventava alguma brincadeira nova. Um sorriso de quem não sabia o que estava por vir, mas que ainda assim dizia sim.

Ele me encara enquanto manobra o carro na estrada deserta, nos levando na direção oposta, para o desconhecido.

— Vamos nessa, então.

05
benedito
passado

"Você precisa ser bonzinho."
essa era a frase que mais ouvia na minha infância.
mamãe repetia feito um disco arranhado, uma regra de sobrevivência.
e meu pai usava essas mesmas palavras como um escudo, afastando-me de tudo que ele chamava de "conversas de adultos".
eu não entendia o que isso significava, o que havia nessas conversas que me tornava indesejável.
eu só queria estar por perto, ao menos quando henrique não estava por ali.
porque, quando estava, o mundo desaparecia, e embarcávamos em brincadeiras sem hora de acabar.
tinha dez anos quando meu pai, num raro momento em casa, estava fazendo uma reunião por telefone.
eu me aproximei.
queria ser visto.
queria conversar sobre um vídeo que eu tinha filmado.
um pássaro azul abrindo as asas e voando.
eu estava orgulhoso daquilo.
"sai daqui, benedito, estou ocupado."
"vai ser rápido, eu juro", insisti.
meu pai afastou o celular do ouvindo e me encarou com uma expressão fechada.
"eu mandei você sair."
dessa vez eu não obedeci.
queria tanto estar perto dele, ainda que o cheiro de charuto me enjoasse.

eu precisava de algum elogio.
de alguma palavra de afirmação.
de algum sinal de que eu estava no caminho certo.
queria mostrar que eu era um filho de quem eles podiam se orgulhar e muito mais.
sem pensar, peguei a câmera digital, abri o vídeo e corri até ele.
"olha rapidinho, pai!"
eu tinha certeza de que, se olhasse por um segundo, ele prestaria atenção no vídeo.
ele veria beleza ali.
assim como eu tinha visto.
assim como henrique tinha visto.
"que merda, henrique!", rosnou ele.
então meu pai me empurrou com força, tirando a câmera do seu campo de visão.
eu caí para trás, no chão duro do escritório.
o chão me recebeu com um impacto doloroso, expulsando o ar dos meus pulmões como se me desse um soco.
"isso é culpa sua!", disse ele, como uma sentença. "eu mandei você sair."
ele se afastou para um canto do escritório, voltando a falar sobre negócios, venda de bois e mercadorias.
sebastião rocha era assim, inflexível como nosso sobrenome.
eu fiquei no chão, olhando para o teto.
quando senti as lágrimas enchendo os meus olhos, me levantei, peguei minha câmera e corri.
fugi e me escondi num dos armários de um dos incontáveis quartos de hóspedes, um canto em que ninguém me encontraria.
ali, chorei escondido, onde minhas lágrimas eram segredo, onde ninguém ouviria.
olhei para a minha câmera, mas o vídeo do pássaro azul não estava mais na tela.
encontrei de volta apenas meu rosto desfigurado em milhares de pedaços.
a câmera tinha quebrado.
a tela tinha rachado.
eu me sentia rachado também.
frustrado, cansado e triste, chorei até o cansaço vencer.
nem sei em qual momento adormeci.

encontrei no sono um lugar que era mais refúgio do que descanso.

não sei quanto tempo passou.

quando acordei, o rosto de henrique estava sobre o meu, com um sorriso largo, uma pequena alvorada no meio da noite.

"te achei", disse ele, rindo.

henrique achava que eu estava brincando de pique-esconde, pois para ele tudo era uma brincadeira, um jeito leve de encarar a vida.

"o que você tá fazendo aqui?", perguntei, surpreso.

"minha mãe teve que vir cozinhar à noite."

"sério?"

"jantar especial", disse ele.

um jantar especial do qual eu certamente não faria parte.

henrique me empurrou para o lado e entrou no guarda-roupa também.

"o que você tava fazendo aqui?", ele quis saber.

"nada".

"brincando sozinho de novo?"

"eu não estava brincando."

"então?"

"estava me escondendo."

"ah, entendi."

tínhamos dez anos e não falávamos sobre a minha solidão familiar, mas eu sabia que henrique sentia.

ele via tudo.

só era bonzinho demais para comentar.

"e a câmera?", ele finalmente olhou para o objeto quebrado.

"quebrou."

"que droga."

"pois é."

"não vamos mais poder brincar de fazer filmes."

"é, não vai dar mais."

"mas tudo bem", henrique abriu um sorriso enorme, "vamos ter que guardar as lembranças boas só na nossa memória", e então apontou para a sua cabeça.

henrique então se arrastou para fora do guarda-roupa e abriu as portas.

ele estendeu a mão, pegou a minha e me puxou para fora.

não só para fora do armário, mas para fora do meu casulo.

de volta à vida.

"duvido você me pegar!", disse ele, saindo em disparada.

eu nem pensei.

só o segui.

corremos sem olhar para trás, como fazíamos sempre, sem destino, sem razão, até ficarmos sem ar.

henrique atravessou a porta dos fundos e foi para o gramado.

a lua brilhava muito naquela noite.

ele se jogou na grama e eu fiz o mesmo, parando ao seu lado.

ali, no silêncio da noite, com o som das cigarras ao fundo, só existimos.

não que eu tivesse dúvidas, mas ali percebi que henrique era meu melhor amigo.

eu sabia que ele preferia sorvete napolitano porque, segundo seu argumento, era inteligente ter três sabores disponíveis de uma vez só.

sabia que ele odiava o colégio público da cidade, onde os meninos o chamavam de "bichinha".

sabia que seu filme favorito era *A casa do lago*, uma história de amor sobrenatural com duas pessoas que se comunicam através de cartas apesar de viverem em tempos diferentes.

o que era muito curioso para alguém que era tão engraçado.

"o que a lua disse ao sol quando estavam terminando um relacionamento?", perguntou.

henrique era assim.

sempre pensando em piadinhas.

sempre arrumando um jeito de fazer rir quem estivesse ao seu lado.

"não sei", falei, depois de pensar muito.

"você é quente demais pra mim!"

e então começamos a rir como dois bobos.

naquela noite, até dulce levar henrique embora, nós ficamos deitados no gramado, conversando e rindo.

quando ele se foi, de alguma forma, a risada dele permaneceu ali, enchendo o meu peito de vida.

ele ria, eu ria, e tudo ficava bem.

quando eu estava subindo para o quarto, meu pai me chamou até a sala de estar.

"desculpa por hoje mais cedo, mas era uma reunião importante", disse ele.

minha mãe ficou me olhando.

"como é que se diz?", instigou ela.

"tudo bem, eu desculpo", respondi como sempre fui treinado a responder.
desculpar meus pais fazia parte do papel de filho perfeito.
o papel que eu desempenhava tão bem.
no meu quarto, deitado para dormir, algo pareceu diferente naquela noite.
eu já quase não me lembrava das lágrimas.
da câmera quebrada.
da frustração.
da solidão.
da sensação de não pertencimento.
do buraco da falta.
tudo isso parecia ter acontecido em outra vida.
de alguma forma, muitas lembranças boas haviam pousado sobre aquele dia.
eu só conseguia me lembrar da risada dele.
da minha risada.
e como o som das duas juntas era algo bom de se ouvir.
tudo por causa do meu melhor amigo.
tudo por causa do henrique.

06
HENRIQUE
PRESENTE

— Você sempre foi assim, né? — A frase escapa da minha boca e eu arregalo os olhos, surpreendido por uma das raras vezes em que minha boca se antecipa ao meu cérebro.

Ter oferecido uma nova opção a Benedito, ainda que essa opção tivesse estado disponível o tempo todo — afinal, ele é o dono do carro — parece ter aliviado algo dentro dele, injetado uma onda de leveza antes ausente. Benedito colocou uma playlist pra tocar, uma que imagino que tenha sido criada por ele, já que misturava Marília Mendonça e Coldplay.

— Assim como? — Benedito para de cantarolar uma música da Marília sobre ter sido hackeada e ter enviado uma mensagem para o ex e me olha com curiosidade.

"Se acaso de madrugada / Chegar algum: volta para mim / Hackearam-me". Meu Deus! Por que essa música parece fazer tanto sentido para mim? Como eu consigo desligar o rádio do carro dele sem parecer mal-educado?

— Nada. — Dou de ombros e desvio o olhar para a janela, os olhos fixos no céu lá fora, tentando ignorar as vozes que reivindicam espaço na minha cabeça. — Não é nada.

— Agora você vai ter que falar.

— Não é nada de mais, é só que...

— Se não é nada de mais é só falar então.

— Você tem razão.

Solto um suspiro.

Estar com Benedito é como andar numa montanha-russa de emoções e me culpo por ainda me sentir vulnerável a cada subida e descida. Não era para ser assim; ele não deveria mais mexer comigo. Eu não deveria me importar tanto com os seus sentimentos.

— É que você continua igual... — falo, movimentando as mãos como se as palavras pudessem sair com mais facilidade. — É claro que muito maior e mais forte, mas o que quero dizer é que, mesmo quando você quer uma coisa, ou já tenha planejado fazer algo, você não segue em frente. Parece estar sempre esperando por alguma aprovação. Faz sentido?

Benedito fica em silêncio por um tempo considerável antes de assentir de forma quase imperceptível.

Por que eu fui falar isso também? Era melhor ter ficado calado.

Benedito sempre foi esse tipo de cara. "Bonzinho". Tinha uma dificuldade enorme em dizer não ou em sugerir algo diferente do que era esperado. Em certo sentido essa é uma qualidade, é claro. Ele é gentil, sempre disposto a ajudar, muito solícito. Mas, através dos olhos e do coração do garoto de 16 anos que o amava, isso foi um erro fatal. Quando lhe foi imposto que qualquer relação entre nós dois deveria acabar, ele acatou e me deixou para trás.

Simples assim.

Ele não lutou por nós.

Hoje, aos 28 anos, consigo olhar para o Henrique de 16 e sentir compaixão. Queria abraçar minha versão mais jovem e dizer que, embora o gosto amargo nunca passasse totalmente, ele aprenderia maneiras de seguir com a vida, mesmo que aos trancos e barrancos.

Mas, mesmo revivendo esse assunto em muitas sessões de desabafo com os amigos, quando olho para o Benedito de 16, ainda sinto coisas que o adulto em mim gostaria de sufocar. Quero ser racional, quero categorizar essas emoções como parte do passado, como meras lembranças. Talvez, sendo otimista, encarar tudo que sofri como aprendizado. Já foi. Não tem volta. Agora estou aqui, no presente, em outra perspectiva. Mas não consigo.

Sinto pena, porque a família de Benedito suprimiu a individualidade de um garoto. Sinto raiva por ele não ter sido corajoso o suficiente para romper com isso.

E quando olho para o Benedito de agora, para o homem à minha frente, além de tudo isso, sinto inveja. Ele é bem-sucedido, está feliz, tem uma boa vida. E vai se casar!

Sinto inveja do noivo dele, porque... bem, esse noivo era para ser *eu*. Era eu quem deveria estar na droga do spa com meus amigos, me preparando para uma festona na fazenda da família do Benedito.

— No que você está pensando? — A voz de Benedito corta meus pensamentos.

— Hã? — Me faço de bobo, porque não posso responder.

— Suas mãos... — Ele gesticula com a cabeça para o meu colo.

Só então eu percebo o que ele quis dizer. Estou com as mãos tão fechadas, os punhos tão cerrados, que parece que vou socar alguém — ou, quem sabe, socar ele. Começo a relaxar os punhos devagar, sentindo os nós dos dedos doloridos.

Respiro fundo, uma, duas, três vezes.

Posso até estar nessa montanha-russa de emoções ao lado de Benedito, mas preciso manter os pés no chão. Logo essa viagem vai acabar. Logo eu vou poder descer, ficar em paz.

— Coisas do passado — digo, porque é o máximo de informação que consigo compartilhar —, mas vamos falar do presente. Para onde estamos indo?

— Lembra do restaurante da dona Joana? — Benedito parece querer deixar o assunto para trás também.

Dona Joana... finjo revirar a memória em busca da referência, só para não ficar tão na cara o óbvio.

O restaurante da dona Joana era um lugar simples, comida boa e barata, duas ruas para baixo do nosso antigo colégio. Foi lá que apresentei a Benedito o que era torresmo, um prato tão típico da nossa cidade, tão trivial na minha casa, mas que ele não conhecia por conta da dieta restrita que fazia parte da sua rotina.

— Lembro. — Sorrio de leve, uma sensação agridoce preenchendo meu peito. — A comida era uma delícia.

— Pois é. — Benedito sorri também, como se lembranças fossem um idioma compartilhado entre a gente. — Ela fechou o restaurante que ficava perto de onde a gente estudava, no centro da cidade, mas reabriu lá em Serra dos Ipês.

Ele pega uma saída à esquerda e entramos em Serra dos Ipês, uma cidadezinha que faz divisa com Oito Lagoas, separadas justamente por uma das oito lagoas que compõem a minha cidade natal.

As ruas estão desertas, mas eu conheço esses cantos de olhos fechados; os dois lados da rua são arborizados, com casinhas coloridas e fachadas simples, onde as pessoas se conhecem pelo nome. Em cada esquina, há uma padaria, ou uma mercearia, ou uma farmácia, ou um banquinho sob a sombra para bater papo.

Minha mãe sempre disse que quando se cansasse da agitação de Oito Lagoas (não é tão agitado assim), se mudaria para Serra dos Ipês, em busca de uma vida mais mansa (ela nunca fez isso).

Um calor suave me invade, o cheiro de conforto permeando o ar. Em São Paulo ninguém nunca está parado. As pessoas estão sempre indo para algum lugar, vindo de algum lugar, sem jamais permanecer. Aqui, as coisas são diferentes; parecem estáveis, com raízes, segurança.

Chegamos ao centro da cidade, onde há uma igreja antiga e uma praça pública, com casinhas e estabelecimentos pintados em cores vivas. Ao lado de uma dessas casas, uma porta aberta de madeira revela uma placa meio torta, onde se lê "Restaurante da Dona Joana" em letras cursivas, bem escritas.

Benedito estaciona em frente, desliga o carro e me olha.

— Chegamos.

— Você fugiu da sua despedida de solteiro simplesmente para vir em outra cidade...

— Almoçar?

— Meio que... isso é loucura, né? Você estava num bar, provavelmente com comida e...

— Mas lá não tinha *esse* torresmo! — protesta ele.

— Tá, mas isso não é des...

— Dentre todas as pessoas do mundo, você é a única que imaginei que não iria me julgar, Henrique. — Benedito me olha como se eu fosse o louco, não ele. — Esse é o melhor torresmo do mundo, você sabe! Sequinho, crocante, suculento!

— Eu sei, mas...

— Você não tá com fome?

— Tô!

— Então? Por que você não para de reclamar e só me agradece? Aposto que você morre de saudades do torresmo da dona Joana.

Antes que eu possa responder, no curto silêncio que se segue, meu estômago ronca tão alto que, juro, parece um bicho rosnando. Benedito primeiro arregala os olhos e depois solta uma risada alta, todo cheio de si, como se estivesse coberto de razão.

— Se isso não é resposta suficiente, não sei mais o que é. — Ele aponta enquanto abre a porta do carro e pula pra fora, acenando para que eu o siga.

— Tá, só cala a boca! — digo, mas estou rindo também, enquanto saio do carro.

Por ironia do destino, a música do Coldplay acaba neste instante com a seguinte frase: "Ninguém nunca disse que seria tão difícil / Eu vou voltar ao começo". A melodia fica ecoando em mim.

07
benedito
passado

"qual é a história daquelas pessoas ali?" perguntei, apontando discretamente com o dedo.

eu e henrique estávamos fazendo de novo aquele jogo que já nos era tão familiar.

estávamos do lado de fora do mercado do bairro, sentados num banco de madeira no estacionamento.

a mãe de henrique, dona dulce, tinha ido comprar alguns ingredientes para o jantar que meus pais estavam preparando com possíveis parceiros de negócios.

enquanto isso, jorge, um dos motoristas da minha família, esperava no carro.

esses jantares eram sempre uma transformação.

meus pais, geralmente rígidos e distantes, se tornavam companheiros, atentos, afetuosos.

por uma noite, eu ganhava pais que me escutavam de verdade, que até deixavam eu comer o que quisesse — uma liberdade rara.

eu tinha 13 anos e eles já controlavam rigorosamente as calorias que eu consumia.

e eu vivia com a constante sensação de fome no fundo do estômago.

dona dulce sabia.

ela percebia, mesmo que eu não dissesse nada.

de vez em quando, ela fazia um embrulho com comida extra e me entregava escondido.

ela era mais do que a mãe do meu amigo.

ela me via como uma pessoa.

às vezes, em meus sonhos, eu a imaginava como minha mãe de verdade.

e, nesses sonhos, eu sempre parecia mais feliz.

"de quem você tá falando?", perguntou henrique, me trazendo de volta.

"daquele casal ali", disse, indicando os dois com o queixo dessa vez.

henrique abriu um sorriso travesso.

"ah, acho que são um casal se separando. soraya e domingos. se conheceram numa festa de rodeio. ela foi lá pra ficar com o robertinho, o melhor amigo do domingos, mas ele deu um perdido nela, então ela acabou com o próprio domingos."

"e eles ainda falam com o robertinho?"

"claro, ele trabalha com entrega de gás. e, na real, soraya até tá saindo com ele agora. todo dia ela se pergunta se casou com a pessoa certa, já que com o robertinho ao menos ela economizaria no gás", completou ele, e eu comecei a rir alto.

"você é ridículo". cutuquei ele, ainda rindo.

"você que pediu uma história!"

"você é bom demais nisso."

henrique deu de ombros, modesto.

"não é como se isso fosse um talento de verdade."

"claro que é! escritores fazem isso, né?"

"é, mas escritores precisam escrever... e acho que sou mais da fala do que da palavra escrita."

"então temos que encontrar seu talento de verdade."

"talvez eu saiba o que eu quero fazer...", falou, hesitante.

"como assim?", olhei para ele, surpreso.

"é idiota, nem vai dar em nada."

"agora você tem que me contar!"

ele respirou fundo, o olhar ficando sério.

"acho que quero fazer as pessoas rirem. tipo... comediante. ter um show de comédia, sabe?"

pensei por um instante, então falei:

"sendo bem sincero, eu acho que você leva jeito pra coisa."

"você só diz isso porque é meu melhor amigo."

"não, henrique, juro. você é a pessoa que mais me faz rir na vida."

ele me encarou por alguns segundos e no final sorriu, como se enfim acreditasse.

e naquele instante, senti uma pontada de inveja.

como ele podia já saber o que queria, enquanto meu futuro era uma linha reta traçada pelos meus pais?

minha vida inteira estava planejada, cada passo controlado.

pensar nisso me fazia sentir como se mãos invisíveis apertassem meu pescoço, o ar escapando dos pulmões, uma sensação de quase morte estando vivo.

onde ficavam os espaços em que eu poderia descobrir o que eu queria fazer?

onde ficavam os espaços em que eu poderia ser só o benedito, sem nenhuma meta a cumprir?

pensar nisso era extremamente cansativo.

mal percebi, mas minhas mãos tremiam de nervosismo quando enfim dona dulce apareceu, empurrando o carrinho de compras.

"vamos, meninos."

nos levantamos e, enquanto a seguíamos, cutuquei o braço de henrique e apontei discretamente.

eram dois homens, talvez nos seus vinte e poucos anos, encostados em um carro vermelho.

eles riam, enquanto colocavam sacolas na mala do carro.

havia algo na maneira como se olhavam, como tocavam no ombro um do outro.

existia ali uma cumplicidade que me causou um friozinho na barriga, um calor suave abaixo do umbigo.

confesso que quis ficar mais, observando silenciosamente, absorvendo aqueles segundos.

aqueles dois pareciam compartilhar um segredo bonito, e me bateu uma vontade de saber qual era, de ouvir, de estar presente ali também, como se pudesse fazer parte de algo tão simples e intenso.

"se chamam joão e josé", murmurou henrique, só para mim.

"melhores amigos?" perguntei, embora soubesse que a resposta talvez fosse outra.

torcendo, de alguma forma, para que henrique me desse outra resposta.

"melhores amigos e namorados", sussurrou ele, com um sorriso.

simples assim.

olhei para henrique em busca de algum sinal de mudança.

desde quando falar sobre dois homens vivendo como namorados era normal?

ele não achava isso estranho?

mas a verdade é que henrique parecia inalterado.

o mesmo de sempre.
olhei para o meu reflexo no vidro do carro, e então percebi:
era *eu* quem tinha mudado.
eu é quem não era mais o mesmo.
algo se agitava dentro de mim.
algo explodia dentro de mim.
henrique falava sobre uma realidade da qual eu ainda não tinha conhecimento.
mas que ainda assim me atraía.
fazia meus olhos brilharem.
fazia meu coração socar forte meu peito.
e ele falava dessa realidade com leveza, com normalidade.
não era algo estranho, repulsivo.
era natural.
levantei o rosto para observá-lo.
encontrei um sorriso cúmplice.
sorri de volta.
demos uma última olhada em joão e josé antes de entrar no carro, enquanto o mundo ao redor parecia se dissolver e éramos apenas eu e henrique, compartilhando nosso próprio segredo a partir dali.

08
HENRIQUE
PRESENTE

— Olha esse cheiro... — diz Benedito, antes mesmo de entrarmos no restaurante.

— Realmente, o cheiro bom da comida chega antes de qualquer coisa.

A entrada do Restaurante da Dona Joana é quase um portal, nos transportando para um espaço seguro, onde comida e afeto se fundem.

As mesas e cadeiras são simples, de madeira escura, cobertas por toalhas quadriculadas em branco e vermelho.

— Diz agora que a minha ideia é ruim — provoca ele, do outro lado da ilha onde as comidas são servidas em duas fileiras, uma de cada lado.

— Sua ideia é ruim — repito automaticamente.

— Nem você acredita nisso!

Pegamos nossos pratos, nos servimos e sentamos em um canto perto de uma janela. O restaurante está vazio, estamos só nós dois aqui. Não sei se as pessoas almoçam cedo demais ou muito tarde, mas a ausência delas me agrada. Por um momento, tenho a ilusão de que esse lugar é só nosso outra vez, como em tempos que parecem impossíveis de revisitar.

Mal me acomodo quando escuto Benedito soltar um gemido alto.

— Meu Deus! — murmura ele de olhos fechados, a boca cheia de torresmo. — Esse é o melhor torresmo do mundo, você sabe! Sequinho, crocante, suculento!

Algo na intensidade da sua voz me prende. Ele saboreia a comida como se cada mordida lhe devolvesse algo perdido no tempo.

Benedito não fugiu da própria despedida de solteiro só pela comida. Ele veio atrás de algo a mais. Algo que lhe foi roubado.

— Vai, come! — incentiva ele, apontando para mim com o garfo.

Olho para o meu prato lotado de torresmo, com um filé de frango grelhado, um pouquinho de salada e um punhado de batata frita. Sem perder tempo, decido fazer como Benedito e encho a boca de torresmo. O sabor familiar e há muito tempo esquecido me envolve. Me permito viver esse instante, esse breve mergulho em uma sensação quase íntima. A textura da massa na língua, o toque sutil da pimenta e do tempero... É como se, por um segundo, meu corpo me abraçasse de volta através do alimento.

— Nunca comi nada tão gostoso! — declaro, a voz embargada quando engulo tudo.

Benedito me acompanha com um sorriso largo, quase infantil.

Fecho os olhos e percebo a umidade neles; uma emoção latente, quase incontrolável, querendo emergir.

Sempre acreditei que uma das mágicas mais poderosas do mundo é uma boa comida. Não sei como funciona para as outras pessoas, mas se estou tendo um dia ruim, uma boa comida meio que alivia minhas dores; se estou tendo um dia feliz, comer bem é como uma forma de celebração; se o meu dia está normal, comer algo gostoso é como acrescentar cor em uma tela sem graça.

Mas, para além de tudo isso, há algo a mais...

Desde que deixei Oito Lagoas, nunca mais comi torresmo.

Inclusive, percebo agora que, após o fim do nosso relacionamento, passei a evitar o restaurante da dona Joana nos anos seguintes em que ainda estudava perto. Não suportava sentar nas mesmas cadeiras que testemunharam risadas e momentos tão nossos. Aquelas paredes guardavam um calor que eu já não podia mais sentir, e o cheiro da comida gostosa era um lembrete do que eu havia perdido. De certa forma, Benedito tinha arrancado isso de mim também; seu fantasma espreitava ali, nas frestas, agarrando pedaços do meu coração sempre que eu tentava voltar.

E não que fizesse diferença continuar comendo na dona Joana, já que depois que eu e Benedito nos separamos, a comida perdera completamente o sabor para o meu paladar; minha língua vivia como se estivesse mergulhada em cinzas.

Eu comia para me alimentar, para sobreviver, e só.

— Henrique? — A voz de Benedito soa distante, como se me puxasse de um transe.

— Oi. — Demoro alguns segundos para focar seu rosto.

— Você tá chorando? — pergunta ele, baixinho, como se tentasse não chamar a atenção.

Não que alguém pudesse ouvir, já que estamos só nós dois aqui.

Tento falar algo, mais uma mentira, mais uma mudança rápida de assunto, mas não consigo. Minha mente está acelerada, quicando nas paredes do meu cérebro, incapaz de continuar escondendo a verdade.

As palavras jorram antes que eu consiga pará-las.

— Minha vida tá uma merda, Benedito, e eu tô infeliz pra caralho.

Um sorriso triste escapa junto com a verdade.

É estranho ser tão sincero. Nem na sala da minha casa, reunido com os meus amigos, deixo que a minha armadura caia por completo, que minhas feridas sejam totalmente expostas.

— Henrique... — Benedito me encara, dizendo meu nome em um tom que só faz meu peito pesar ainda mais.

Ele parece ter pena de mim. E, bem, quem poderia culpá-lo? Eu também sinto pena de mim mesmo.

— Eu só... — Largo o garfo, pressiono um ponto na testa, onde uma dor pulsa. Dormi pouco, hesitei em vir até o último momento e, somado ao acidente, tudo me empurra para o limite. — É só uma piada.

E então o encaro e dou uma risada forçada.

Estou mentindo. É óbvio que estou mentindo.

Mas eu não quero ser imaturo ou parecer completamente doido e descompensado (mais do que já estou parecendo).

Henrique me encara confuso, me observando com atenção, como se avaliasse no que pode acreditar ou não.

— Tem algo que eu possa fazer? — Sua voz quase implora. — Quero dizer, pra te ajudar... aqui e agora.

Sustento seu olhar por um segundo antes de desviar. Meu coração martela, uma confusão desorganizada.

— Você pode me responder por que me convidou para o seu casamento? Isso... ajudaria muito.

Minha pergunta pega ele de surpresa, e a mim também, para ser sincero. Mas coisas estranhas estão acontecendo e estou completamente de saco cheio de continuar fingindo que tudo está normal.

Nem era pra eu ter vindo pra Oito Lagoas pra início de conversa. É péssimo sentir isso, mas a verdade é que eu não estou nem aí pra comemoração do meu primo. Quero que o Oliver seja feliz e tudo mais, mas eu nunca gastaria duzentos e poucos reais de passagem apenas para passar este fim de semana comemorando com ele e a família.

Eu vim por causa do Benedito.

Eu vim porque depois de 12 anos sem trocarmos uma palavra, receber o convite do seu casamento me deixou semanas sem dormir, imaginando cada possível motivo. E como meu cérebro é horrível e criativo na mesma escala, ele me levou das justificativas mais banais às mais mirabolantes, profundas e com cheiro de esperança.

Ter decidido não compartilhar o convite com meus amigos tornou a tarefa de viver na minha mente ainda mais difícil. Eu estava enjaulado num mundo de possibilidades sem conseguir ajuda alguma, sem um conselho que me trouxesse de volta ao chão, à terra firme.

— Eu... — Benedito coça a nuca, visivelmente nervoso — não sei... — Sua voz está tão baixa que é quase uma brisa.

— Não sabe? — repito, as palavras amargas na língua.

Ele abaixa o olhar, e meu corpo aquece de raiva, queimando sob a superfície. A vontade de explodir é imensa. Quero simplesmente puxar o pano quadriculado e trazer comida, talheres e louça para o chão. Quero fazer uma cena. Quero ouvir o caos. Quero ser o caos.

Mas eu não faço nada, é claro. Contenho minha fúria, como sempre.

— Por que você veio? — A pergunta dele vem baixa, mas me atinge como uma pedra.

Não consigo evitar a sensação de estar sendo exposto, humilhado.

Ele me convidou e eu vim. Ponto. Vim por ele. Vim porque passei 12 anos tentando entender o que perdi. Vim porque o convite foi como um ímã, me arrastando de volta para essa cidade. Vim porque eu quis. Porque é falta de educação recusar um convite de casamento. Vim porque... Por quê? Ele queria que eu não tivesse vindo? O que ele queria, afinal?

— Chega! — Eu me levanto, decidido, e começo a caminhar para fora do restaurante.

Atravesso a porta de madeira, e quase que instantemente o ar quente gruda a blusa no meu corpo molhado de suor. Minha raiva me esquenta, borbulhando por dentro. De repente sinto uma vontade incontrolável de fumar, e eu nem fumo. Meus dedos até coçam com a sensação de segurar alguma coisa, *qualquer coisa*, apenas para ter o que fazer com as mãos.

Quando Benedito sai pela portinha do restaurante, há algo em seus olhos que não sei definir direito o que é. Ele parece com raiva também. Pronto para briga.

— Não é justo comigo! — diz ele, erguendo os braços, quase em rendição.

— Não é justo *contigo*? — ecoo, um tom mais alto. — Você está brincando, né? Só pode ser brincadeira!

Benedito morde os lábios com força.

— Você só vê o seu lado... — Ele respira fundo, falando quase que para si.

— Meu lado? Qual lado especificamente, Benedito? — Minhas mãos estão tremendo. — É tão difícil assim enxergar que a sua vida está caminhando enquanto a minha parou? Fui eu que ficou pra trás, preso na sombra de alguém que seguiu em frente, que vai se casar e ter a vida perfeita enquanto eu...

Enquanto eu ainda te amo?

Me calo. Não consigo reunir forças para continuar.

De repente, o silêncio recai sobre nós como uma avalanche. Mal consigo respirar. Até a cidade está quieta, parecendo observar o que acontece entre nós dois. Se eu me concentrar bem, posso ver olhos bem abertos nas paredes do restaurante da dona Joana, acompanhando cada passo que se desenrola, como se até a casa estivesse curiosa.

Eu estou delirando, só pode.

Balanço a cabeça, tentando voltar a mim. Mas tudo o que consigo é sentir raiva. Mágoa. Eu sinto vontade de guerra. Eu sinto tudo.

Eu não devia estar aqui. Estou perdendo tempo. O que eu esperava que fosse acontecer? O que eu achei que...

E então as coisas mudam completamente.

Benedito apenas me abraça. E o mundo ao meu redor fica calmo.

09
benedito
passado

era domingo, 13 de dezembro.

eu já sabia que não veria henrique.

mas eu queria muito que ele estivesse comigo, era meu aniversário.

assim que acordei, desci para a cozinha e percebi que a mesa estava montada de uma forma diferente.

havia doces, bolos, comidas que me eram proibidas.

meu pai e a minha mãe me esperavam.

"feliz aniversário, meu amor", cantarolou minha mãe, batendo palmas com animação.

vira e mexe me ocorria o pensamento de que talvez minha mãe não gostasse tanto da minha versão criança, mas não tivesse tantos problemas assim com minha versão jovem, que desabrochava cada dia mais.

"hoje você pode comer o que quiser", disse ela.

"sim", meu pai abriu um sorriso, "hoje é o seu dia."

não sei explicar ao certo o que eu senti.

acho que vários sentimentos surgiam ao mesmo tempo dentro de mim.

alegria?

tristeza?

sim, eu estava feliz.

mas triste por ter me dado conta de que a minha vida poderia ser boa, boa de verdade, se todos os dias fossem assim.

eu me sentei e comi tudo o que eu queria.

cantamos parabéns só nós três, no improviso, as velas em cima de um bolinho de cenoura.

de alguma forma, a comemoração simples me parecia perfeita.
era tudo o que eu podia querer.
mas não apenas para aquele dia.
queria aquilo para todos os outros.
após comermos, meus pais me chamaram para o quintal.
"temos uma surpresa", disse minha mãe.
eu não tinha ideia do que podia ser.
sabia reconhecer meus privilégios; de alguma forma, eu tinha tudo o que o dinheiro podia comprar.
meus pais mal sabiam, mas já estavam me dando o melhor que podiam oferecer com aqueles momentos de atenção.
fui correndo para o quintal, mas não encontrei nada.
meu pai seguiu o caminho até o estábulo.
de repente, um dos funcionários que cuidavam dos animais se aproximou de nós com um cavalo.
era um senhor que eu gostava muito, chamado jesus.
ele sempre era simpático, com os olhos doces, por mais que claramente tivesse uma idade avançada demais para continuar trabalhando.
"ele é muito bonito, benê, parabéns", disse jesus, alisando o torso do animal.
o cavalo era grande, forte, todo branco.
Parecia uma criatura mágica.
parecia ter asas.
meu pai puxou o cavalo pelas rédeas e veio até mim.
"é seu", disse ele, me passando as rédeas.
"pai", foi tudo o que escapou da minha boca.
eu não conseguia acreditar...
as palavras tinham se perdido de mim, mas, desta vez, de emoção.
num impulso, me aproximei dele e o abracei.
foi estranho.
fazia muito tempo que não nos abraçávamos.
parecia que um não sabia onde colocar o braço no outro.
ele deu duas batidinhas nas minhas costas e logo nos soltamos.
minha mãe apareceu com o celular apontado na nossa direção.
"vai, junta aí para uma foto."
e assim fizemos, meu pai com a mão no meu ombro.
de repente me ocorreu que abraçar não era como as muitas outras coisas que a gente aprende e nunca mais esquece.

abraçar era um hábito que podia se perder sim, dependendo da pessoa.
após a foto, voltei a atenção para o meu cavalo.
ele era manso, receptivo, parecia já saber que seríamos bons amigos.
encostei a cabeça na cara dele.
"qual nome eu te dou, hein?"
o cavalo me olhou parecendo nutrir a mesma curiosidade.
"posso montar?", perguntei.
meu pai soltou uma risada descontraída.
"mas que pergunta, menino! é claro que pode, ele é seu."
fui tomado por um sentimento novo, uma sensação boa que sacudia meu peito.
num movimento rápido, que eu já conhecia de cor, pulei para a sela arreada.
num piscar de olhos, o cavalo começou seu trajeto, praticamente flutuando pelo campo verde.
enquanto eu avançava pelo mundo com meu novo amigo, o vento tocava meu rosto como um sussurro.
o couro das rédeas aquecia minhas mãos, raspando nos calos entre os nós dos dedos, me deixando ainda mais animado.
cada passo do animal ressoando no chão era como se fosse meu.
seus cascos eram a sola dos meus pés.
seus músculos eram meus músculos.
sua liberdade era minha liberdade.
e os arreios em sua boca eram os mesmos invisíveis na minha.
para o bem ou para o mal, eu me sentia como aquele cavalo.
compartilhávamos o mesmo coração.
eu o guiei para fora das dependências da fazenda.
a paisagem ao meu redor se transformou em um borrão de cores que dançavam à luz do sol.
o céu se estendia infinito acima de mim, um manto azul que parecia querer me engolir.
eu deixei.
naquele instante, não havia paredes, não havia limites.
havia apenas o som dos cascos dele cortando o silêncio do mundo.
havia apenas o som dos meus pés cortando o silêncio do mundo.
cada galope era uma promessa, um salto em direção ao desconhecido.
era como se o cavalo soubesse aonde eu queria chegar antes mesmo que eu pudesse decidir.

ele me carregou não apenas pelo pasto, mas para um lugar dentro de mim, onde a liberdade não era só um conceito; era uma sensação, uma certeza.

eu quero ser livre, pensei.

eu quero ser livre, pensei mais alto.

quando percebi, estava gritando a plenos pulmões.

para mim, para o universo.

era quase uma promessa feita para mim mesmo.

eu não podia abrir mão dela.

de tudo o que eu era.

de tudo o que queria ser.

perto de uma das lagoas da cidade, uma chamada lagoa da mangueira, por conta das muitas que a circundavam, meu amigo desacelerou.

a poeira se levantou e dançou ao nosso redor como se a terra também quisesse nos seguir.

apeei e acariciei sua testa.

"muito obrigado", disse.

ele me respondeu com o olhar.

respirei fundo o cheiro de liberdade que me rodeava.

para mim, se parecia com cheiro de grama amassada, de ar puro, de sonhos.

me joguei no chão ao lado do cavalo, do meu novo amigo, enquanto percebia seus olhos sobre mim.

ali, entre o céu e o chão, era só eu, o cavalo e a estrada infinita à nossa frente.

"seu nome vai ser hermes", falei para ele, me lembrando de uma aula da escola.

hermes era o deus da velocidade.

protetor de quem precisava de movimento.

mensageiro de quem ia e de quem vinha.

aquele que transitava entre o mundo dos vivos e dos mortos.

de alguma forma, me pareceu o nome perfeito para meu cavalo branco.

10
HENRIQUE
PRESENTE

Toda vez que Benedito me abraça, ele consegue algo que hoje é quase impossível para mim, dada a minha rotina: fazer o mundo desacelerar por um instante.

Até meus pensamentos intrusivos, que parecem comandar a minha mente mais do que eu mesmo, se silenciam, como se não conseguissem lutar contra o magnetismo que Benedito exerce sobre mim, sobre a gente.

Minha mente o ama também, eu acho.

Um pensamento esquisito, mas que no contexto de coisas esquisitas que estão acontecendo não me assusta nem um pouco.

Solto o corpo de Benedito lentamente e ele dá dois passinhos para trás.

— Desculpa — falo, por conta da minha grosseria.

— Desculpa também — diz ele, assentindo de forma sutil.

Eu me encosto na lateral da picape vermelha e Benedito faz o mesmo, cada um parecendo preso em seu próprio mundinho.

Queria muito saber o que se passa na cabeça dele, mas isso é algo impossível. Até porque, sejamos sinceros, às vezes eu mal sei o que se passa na *minha* cabeça, quanto mais na do outro.

Tento colocar meus pensamentos em ordem.

Apesar de não ser uma cidade grande, Oito Lagoas é de médio porte e meio que concentra todo o comércio das regiões próximas. Ou seja, aqui, em Serra dos Ipês, deve ter transporte para lá.

Eu só preciso encontrar a rodoviária e esperar o próximo ônibus e, com sorte, voltar para casa sem mais nenhum acidente. Talvez seja isso que Benedito quer e é educado demais para dizer em volta alta. E eu? Será que é o que *eu* quero?

Essa situação absurda me dá uma nova ideia.

#IDEIA 133
"Gay triste pega o último ônibus para sua cidade e descobre que todos os passageiros estão divididos: metade vai para um baile funk, a outra metade vai para um culto religioso. Dentro do ônibus, começa uma guerra musical em que as palavras 'Glória de Deus' e 'sentada violenta' se misturam em uma quantidade assustadoramente alta."

Anoto a ideia no bloco de notas e guardo o celular.

— Seu sinal voltou? — pergunta Benedito, apontando com o queixo para o aparelho.

— Hum, não... — Dou de ombros, mostrando a tela do aparelho. — Nadinha.

— Caramba... o meu também nada. — Ele confere o celular e suspira. — Parece que o sinal morreu por aqui.

— Acho que sim.

— Precisava falar com alguém? Porque se quiser, posso te ajudar a achar um telefone público. Deve ter algum na cidade.

— Telefone público? — Solto uma risada. — Tem anos que não vejo um. Mas o que eu queria saber mesmo é se você sabe onde fica a rodoviária daqui.

— Rodoviária? — Benedito me encara com a testa vincada. — Para que você quer saber se aqui tem rodoviária?

— Tem ou não tem?

— Tem. Quer dizer, acho que tem. Deve ter.

— Você me ajuda a encontrar?

— Henrique... — A voz dele sobe um tom.

— Eu vou fazer o restante do caminho de ônibus, Benedito. — Solto um suspiro. — É melhor.

— Melhor por quê? Por causa dessa... — Benedito mexe as mãos, como se procurasse alguma palavra que não fosse briga, discussão ou quaisquer sinônimos disso. — Troca de ideias?

— *Troca de ideias*? — repito, e solto uma risada — É uma forma diferente de chamar o que realmente acabou de acontecer.

— Como você descreveria, então? — pergunta Benedito, mudando de posição para ficar de frente pra mim.

Eu não me movo, continuo com as costas coladas na picape, de frente para a rua deserta.

Não quero mergulhar nos olhos dele. Isso não vai levar a lugar algum. Isso só vai me machucar. Eu sei que sim.

— A gente... — Tento falar, mas me calo por um instante. — Acho que somos duas pessoas com um sério problema de comunicação.

— Concordo. Mas prossiga...

— Eu não sei se devo...

— Por quê?

— Porque... — Abaixo os olhos para os meus pés.

Porque você vai se casar, porque nada do que eu disser vai mudar isso, porque eu queria muito que nós tivéssemos tido a chance de ver aonde nosso amor nos levaria, porque, 12 anos depois, ainda penso em tudo o que a gente poderia ter sido e não vamos ser.

Eu não tenho coragem de dizer nenhuma dessas coisas, mas é o que realmente penso.

Quando ergo a cabeça de novo, algo chama a minha atenção. A alguns metros, perto de uma esquina, dois olhos pretos me encaram.

É um cavalo branco, grande, forte.

— Benedito... — Olho para ele por um instante e olho na direção do cavalo. — Aquele ali não é o Hermes?

— Quê? — Benedito demora um tempo para entender do que eu estou falando, até que se vira e finalmente vê. — Eu não acredito...

Ele corre até o cavalo e eu vou logo atrás.

Lembro que em um dos aniversários de Benedito, não lembro se de 13 anos ou algo por aí, ele ganhou um cavalo dos pais.

Benedito sempre amou a fazenda em que nasceu e foi criado. Sempre amou os bichos, a natureza, a vida no campo. Mas ele tinha um lado dentro de si que sempre amou a adrenalina, a velocidade, o vento no rosto, a possibilidade de viver tão rápido, em uma frequência em que só ele conseguia existir.

Ter um cavalo foi o melhor presente que ele poderia ganhar.

Hermes se tornou seu amigo. Seu segundo melhor amigo, depois de mim. E nosso confidente de beijos, abraços e amor.

Sempre que fugíamos da fazenda para ficarmos juntos, era Hermes que nos levava para um lugar escondido e seguro.

— Ei, o que você tá fazendo aqui, bonitão? — Benedito o abraça, acariciando sua crina e beijando o vão de pele entre seus olhos.

Hermes sacode a crina, quase como se respondesse.

Benedito continua acariciando sua face, e Hermes fecha os olhos ao receber o afeto. É uma cena linda, para ser sincero.

Benedito então dá um passo para trás, deixando um caminho livre entre Hermes e eu.

— Você lembra dele? — pergunta Benedito para mim, sorrindo.

— Claro que lembro! — respondo — Ele está ótimo.

— Ele está! — Benedito beija o rosto do cavalo.

— Parece até que o tempo não passou... — digo, porque Hermes realmente está muito bem cuidado.

— Hermes é bonito e forte! — Benedito o abraça. — Não é, meu bonitão?

Dou dois passos à frente e então, de forma metódica e devagar, ergo meu braço e também faço carinho na cabeça do animal.

A verdade é que Hermes nunca foi um cavalo fácil, extremamente dócil e receptivo como os outros da fazenda. Hermes era temperamental e não aceitava carinho de qualquer um.

Ele nunca foi hostil comigo. Mas minha dúvida era só uma: será que ele ainda se lembrava de mim? Será que, de alguma forma, minha versão 12 anos mais jovem ainda existia em sua memória?

Parece que sim, porque Hermes abaixa a cabeça para aceitar melhor meu carinho.

Por um instante, Benedito dá um passinho para trás, me deixando ter esse momento de intimidade com o animal. É quase como se ele admirasse a cena.

— Ele sempre gostou de você — diz Benedito, baixinho.

Eu aproximo meu rosto e encosto a cabeça no espaço entre seus olhos, onde Hermes sempre preferiu receber carinho.

— E eu sempre gostei dele — falo, mergulhado na nostalgia do encontro. — Como foi que ele veio parar aqui? Estamos a quilômetros da sua fazenda.

— Até parece que você não conhece o Hermes... — Benedito revira os olhos. — Ele percorria mais de dez quilômetros em minutos pra levar a gente até Lagoa Verde...

Sinto um arrepio na nuca. Lagoa Verde era onde eu e Benedito íamos para ficarmos juntos...

Cada canto daquelas árvores, daquela vegetação, da margem enlameada daquela lagoa tem o nosso DNA. Por que ele está mencionando Lagoa Verde? O que ele quer com isso?

— É... — É o que consigo dizer. — Ele sempre foi muito forte e veloz...

— Um amigo meu passou a cuidar do Hermes com mais carinho quando eu tive que... ir... — Benedito engole em seco e sinto como se tivesse recebido um soco na boca do estômago. — Ele mora aqui perto... Certeza que esse bonitão foi dar um passeio, sentiu nosso cheiro e veio parar aqui.

— Entendi... — Abraço os meus próprios braços. — Você vai avisar o seu amigo para ele vir buscar o Hermes ou...

— Vem! — Benedito diz e eu não entendo de primeira, mas em um movimento perfeito ele se ergue por cima de Hermes e o monta com uma leveza quase profissional.

Dou um passo para trás.

— Você tá zoando, né?

— Por que eu estaria? — Benedito abre um sorriso.

— Mas...

— Você nem tem compromisso hoje. Uma voltinha com o Hermes, como nos velhos tempos, não vai fazer mal.

— Eu sei, mas é que... — Vasculho a minha mente em busca de algo convincente, algo que prove para Benedito que esta não é uma boa ideia. — Mas e a minha mala?

— O que tem?

— Alguém pode roubar.

— Você acha mesmo que isso aconteceria *aqui*? — Ele solta um sorriso de incredulidade.

Não, eu não acho.

— Mas tem coisas de valor dentro dela!

— Tipo? — Benedito cruza os braços, me encarando com atenção.

Penso em algo que talvez seja convincente o suficiente e que o faça perceber que isso é uma ideia ruim. Como a gente saiu de uma discussão na frente do restaurante para um possível passeio a cavalo?!

— Meus potes — digo.

Eles provavelmente valem mais do que as minhas roupas.

— Não tem desculpa, Rique...

— Ah, e o terno alugado! Pro seu casamento... porque eu aluguei, é claro. Não sobrou dinheiro pra comprar um.

— Ninguém vai mexer na sua mala, Henrique. — Benedito suspira. — Pelos velhos tempos... Vamos? — Ele se inclina e estende a mão para mim, sua voz repleta de esperança.

Sinto meu coração acelerar, quase no mesmo ritmo de anos atrás, quando eu sabia que, ao montar em Hermes, ele nos levaria para nosso porto seguro. O frio na barriga, embaixo do umbigo, quase me faz flutuar. Há quanto tempo eu não sinto isso?

No impulso, ergo a mão.

E Benedito a segura me dando a certeza de que, dessa vez, ele não vai me soltar.

11
benedito
passado

eu estava no meio do ensino fundamental.
confesso que nunca fui muito de estudar.
apesar do esforço descomunal dos meus pais, eu estudava só o suficiente para ter notas boas para passar.
minha mente era dividida em apenas duas vontades.
cavalgar com hermes.
e cavalgar com hermes e henrique.
era o que eu mais amava fazer na vida.
e nunca tinha parado pra pensar a fundo sobre meus sentimentos até aquele dia de julho.
era aula de literatura, e o professor falava sobre romantismo.
eu estava disperso, como sempre, mas quando ele falou uma frase retirada de um livro, meu coração parou.
"eu poderia viver mil anos e ainda assim não esqueceria o instante em que nossos olhos se encontraram pela primeira vez."
segundo o professor palmeira, esta frase era do livro "helena", de machado de assis.
ele perguntou o que esta frase nos evocava.
eu abaixei a cabeça.
não queria ser escolhido para responder.
não queria ser notado.
eu não podia ser.
eu precisava ser invisível.

alguém atrás de mim levantou a mão e disse que a frase falava sobre o encanto do primeiro amor e o romantismo dos jovens personagens.

o professor elogiou a aluna.

"muito bem, marta. a frase encapsula a intensidade emocional do primeiro amor e a ideia de que certos momentos, por mais simples que pareçam, marcam profundamente as pessoas, criando lembranças que resistem ao tempo."

eu estava arrepiado.

minha alma estava arrepiada.

parecia que eu estava nu no meio da sala.

parecia que eu estava nu no meio da multidão.

um refletor cobria todo meu corpo.

estava escrito na minha testa.

tatuado na minha pele.

o professor continuou a falar, andando de um lado para o outro, enquanto minha ficha caía.

olhando para trás, estava claro pra mim...

o sentimento não mudara nada; sempre esteve ali.

eu sempre apreciei a companhia de henrique mais do que qualquer outra na minha vida.

eu sentia falta dele.

eu queria estar com ele quando ele não estava.

eu queria *ele*.

queria seu toque, sua voz, a companhia, seus beijos...

mas a ideia do que eu sentia, o nome, ainda não tinha me ocorrido.

é óbvio que eu sabia que não me ajustava no conceito de "normalidade".

mas aquele foi o momento catártico em que tudo ganhou nome.

eu conhecia o sentimento que machado de assis descrevia.

eu conhecia o sentimento que meu professor traduzia para nós, um grupo de adolescentes na faixa dos 13 e 14 anos.

a frase expressa a ideia de que um instante específico, o encontro visual entre os dois seres, duas pessoas, tinha um impacto tão profundo e marcante que poderia resistir ao tempo e à própria longevidade.

isso, para machado, era a definição de amor.

eu lembrava do primeiro encontro visual apenas com uma pessoa.

o instante em que nossos olhos se encontraram.

o segundo exato em que o tempo pareceu parar.

o momento que ficara marcado para sempre na minha mente, alma e coração.

no meu dna.

como uma tatuagem interna.

na carne, no sangue.

agora eu tinha certeza.

eu amava meu melhor amigo.

12
HENRIQUE
PRESENTE

Como num passe de mágica, me sinto como se transportado diretamente para o passado, para quando eu tinha 14 ou 15 anos, cavalgando Hermes e abraçando o corpo de Benedito como se minha vida dependesse disso.

O cheiro dele ainda é o mesmo; de perfume com mato fresco. Cheiro de liberdade. Cheiro de rebeldia controlada, como se ele escondesse sua verdadeira versão do mundo inteiro e a revelasse só pra mim.

Fecho os olhos.

— Boa, Hermes! Por ali! — Benedito movimenta os braços, guiando o cabresto para a esquerda.

O asfalto logo termina e estamos na mata, que sempre foi tão conhecida por mim, mas que ficou para trás na minha história, quase por questão de sobrevivência.

Ou eu me forçava a desapegar de literalmente tudo que me remetia a Benedito e aos dias felizes que tivemos, ou sucumbiria em minha própria dor, amargurado, abandonado.

Meus olhos se enchem de lágrimas e uso uma das mãos para secá-las. Por que eu estou chorando? Tento racionalizar meus pensamentos. Léo, meu melhor amigo, sempre diz que esse é o melhor conselho que recebeu do seu psicólogo.

Racionalizar seus sentimentos não é tratar o que sente com frieza, mas entender o que está sentindo e o que está provocando aquela sensação.

Eu estou chorando porque estou sentindo o quê?

Tento olhar para dentro de mim.

— UHUHHH! — grita Benedito quando Hermes dá um salto, nossos corpos quase levitando junto com o do animal.

Eu me seguro com mais força ao corpo dele quando sinto o impacto de voltarmos ao gramado.

Benedito está explodindo de felicidade. Cavalgar sempre foi o que ele mais gostou de fazer na vida. Acho que uma das poucas coisas que ele não abandonou ou que permitiu que lhe fosse tirada.

Eu já não posso dizer que estou no mesmo grupo... Fui jogado para fora da vida dele como se os quase dez anos que passamos juntos não significassem muita coisa.

— Tá tudo bem? — pergunta ele, olhando para trás por um segundo.

— Está sim — digo, tentando me fazer ouvir contra o vento.

Olho para a frente; o campo em que estamos parece não ter fim, a mata tão verde que é quase florescente. Na cidade, o cinza é tão comum que é quase como se esse tom de cor não existisse. É raro de se ver. Aqui o verde está em todos os cantos.

Fecho os olhos e tento voltar para mim, para os meus sentimentos. Isso vai me ajudar.

Ainda estou surpreso com o encontro? Sim, estou. E esse choque parece ter aberto um baú onde guardo tudo o que sinto por Benedito.

Além disso, há rancor? Sim, o rancor é forte. Eu não consigo conceber, mesmo 12 anos depois, que Benedito simplesmente tenha permitido que seus pais me tirassem da vida dele. Porra! Por que ele não lutou por mim? E por que, mesmo depois de tantos anos, ele me convidou para o seu casamento? O que ele quer com isso?

Instintivamente, minhas mãos se fecham ainda mais sobre o peito dele.

Há tanta coisa dentro de mim que me falta o ar.

Encosto a testa nas suas costas, como se isso pudesse me ajudar a centrar minha mente, meus pensamentos, e voltar para o eixo.

Não devia me machucar tanto a essa altura.

Já se foram 12 anos.

Eu deveria estar bem.

Isso deveria ser um encontro de melhores amigos que a vida afastou e que ficam felizes vendo as conquistas da vida um do outro.

Mas não somos isso, somos?

Benedito era meu melhor amigo, mas também o meu amor. Meu primeiro amor. Meu único amor. Nunca mais me apaixonei por outra pessoa como me apaixonei por ele. Virei prisioneiro de uma sensação, de uma busca. Vivi caçando em outras bocas, em outros abraços, em outros toques, o que eu só tive com ele.

— Você está chorando de novo? — pergunta Benedito, sua voz vindo primeiramente de longe, como se eu estivesse embaixo d'água, e então ganhando compreensão pouco a pouco na minha cabeça.

— Não — minto, fungando e passando a mão pelo rosto encharcado.

Há quanto tempo estou chorando? Há quanto tempo Benedito percebeu?

Ele vira com uma das mãos para trás e percebo que segura um lencinho. Benedito é desse tipo de pessoa, a que tem um lencinho no bolso para oferecer a alguém.

Eu não digo nada, aproveitando que ele não perguntou o motivo. Uso o lenço para secar meu rosto e rapidamente o devolvo. Benedito solta uma risadinha discreta. Só depois paro pra pensar que é algo meio escroto de se fazer, né? Devolver o lencinho depois de usado. Eu devia guardar e descartar assim que possível. Mas agora já foi também...

Lentamente, Hermes desacelera perto do que parece ser um parque itinerante. Há uma roda-gigante, um carrossel, uma pista para carrinho bate-bate... tudo no meio do mais absoluto nada.

— O que é isso? — pergunto, ao mesmo tempo que percebo que seguro na camisa do Benedito com mais força do que o necessário.

— Acho que um parque de diversões.

— Eu sei, engraçadinho. — Reviro os olhos. — Mas aqui? No meio do nada?

— As pessoas que moram "no meio do nada" não podem se divertir, Henrique? — Benedito me olha por cima dos ombros. — O tempo na cidade grande te deixou elitista desse jeito?

— Não seja idiota! — repreendo, descolando meu rosto das costas dele. — É só que não me parece um lugar apropriado para um parque...

— Eu só estou tirando uma com a sua cara — diz ele, ao mesmo tempo em que pula de Hermes e o guia até a sombra de uma árvore.

— Ei, eu ainda estou aqui! — falo, movimentando os braços.

— Eu sei, príncipe.

Engulo em seco, tentando ignorar as cócegas que ouvir ele dizer *príncipe* faz embaixo do meu umbigo.

— Tá.

Benedito faz carinho em Hermes, que apenas fecha os olhos, recebendo o afeto, até que vem para o meu lado e segura a minha mão, me ajudando a descer.

— Obrigado! — digo, quando estou no chão.

— Você já foi mais bem desenrolado, né? — Benedito coloca as duas mãos na cintura e me encara com um olhar julgador, me fitando de cima a baixo.

— A última vez que andei a cavalo foi contigo — rebato a crítica, cruzando os braços.

— Doze anos atrás. — Benedito arrasta cada palavra ao dizê-las.

— É.

Desvio o olhar do dele e miro o chão.

No carro, ele tinha me perguntado há quanto tempo a gente não se via, mas, no final, ele sabia tanto quanto eu que eram 12 anos. Ele *sabia*.

— Então... — Benedito dá uma batidinha na lateral do corpo, na calça jeans. — Vamos brincar?

— Você só pode estar *brincando*.

— Não, ainda não, mas em breve.

Benedito então começa a caminhar na direção do parque. Juro, é uma cena absurda. Um parque de diversões, com vários brinquedos instalados no meio do nada.

— Benedito! — Corro atrás dele. — Você vai deixar o Hermes aqui?

— Vou, por quê?

— Você não tem medo de ele fugir?

— Claro que não! — Benedito olha pro lado. — Ele é livre.

— Tá, mas...

— E ele sempre volta pra mim — acrescenta, me olhando no fundo dos olhos e me dando um vislumbre do girassol pintado nos seus olhos. — Dizem que o que é nosso, mais cedo ou mais tarde, sempre volta pra gente, né?

Essa conversa ainda é sobre cavalos?

Sinto minhas bochechas corarem.

— Mas se te preocupa tanto, o Hermes não vai fugir — Benedito retoma a conversa —, tenho certeza disso. O amigo que cuida dele mora por aqui.

— Por *aqui* onde? No meio do nada?

— É.

— Tá. — Bufo, cansado dessa discussão que não leva a lugar algum.

— Mais alguma questão?

— Sim! Muitas! A primeira é: para de andar na direção desse parque abandonado!

— Abandonado? — Benedito solta uma gargalhada. — Quem te disse que está abandonado?

— Não tem ninguém, ué! — falo, apontando na direção dos brinquedos. — Não tem ninguém em lugar algum! — Faço um gesto amplo com o braço.

— Olha pelo lado positivo, Rique... não tem filas!

— Benedito! — Paro na frente dele e espalmo minhas mãos no seu peitoral, o fazendo parar. — De verdade. Pode ser perigoso.

Benedito para de andar e fica quieto, me olhando, como se realmente ouvisse minha reclamação.

Na palma da minha mão, sinto o coração dele batendo acelerado. É quase como eu pudesse pegá-lo se quisesse. Quase como se eu pudesse acariciá-lo.

— Morar na cidade grande te deixou medroso. — É tudo o que o ordinário diz, soltando uma risada alta em seguida.

Puxo minhas mãos de volta e o encaro sério, cruzando os braços.

— Eu não vou falar mais nada.

— Não faz bico! — Benedito dá um passo na minha direção.

Por um instante, acho que ele vai agarrar minha cintura e beijar meu pescoço, tal como fazia quando éramos dois jovens apaixonados e com a crença de que nosso futuro seria juntos. Mas ele para no meio do caminho, a meio passo de se chocar comigo.

— Não estou fazendo bico — respondo fazendo bico, minha voz fraca, quase um sussurro.

Benedito fica me encarando, sustentando o meu olhar.

O que há por trás dos seus pensamentos, Benedito? Por que fico com a sensação de que você quer me contar algo?

Benedito passa a língua nos lábios. É excitante e esquisito o fato de que não consigo desviar os olhos. Mas, no final, ele só mexe os braços super-rápido, me fazendo cosquinha na lateral da barriga, e corre na direção do parque sem olhar para trás, porque ele sabe que eu vou estar logo atrás dele.

E ele está certo.

13
benedito
passado

era novembro e meus pais avisaram que passaríamos férias fora do país. quando contei isso ao henrique, nós dois ficamos tristes. viajar significaria uma quantidade considerável de dias que não poderíamos passar juntos.

nesse ponto, eu devia ter 14 anos, e eu já tinha certeza que era diferente da maioria dos meninos.

eu ainda me interessava pelas coisas da fazenda.

eu amava cuidar dos bichos.

amava andar a cavalo.

mas eu não olhava para as meninas como os meninos olhavam.

eu não olhava para nenhuma outra pessoa como eu olhava para henrique.

e chegar a essa conclusão não foi fácil...

eu me enganei, fingi para mim mesmo, me torturei dentro da minha própria cabeça.

até que decidi que precisava parar de lutar contra esse sentimento.

um dia, eu e henrique pegamos hermes e simplesmente saímos sem rumo.

henrique tinha medo de galopar sozinho, acho que não sabia ou não tinha confiança, então foi montado atrás de mim.

eu e henrique sempre tivemos muito contato físico, era o nosso normal.

ele pulava em cima de mim para implicar comigo.

eu o abraçava sem motivo especial, apenas porque queria.

e em momentos como aquele, em cima do cavalo, ele encostava o rosto nas minhas costas e se acomodava ali, como se aquele fosse seu lugar favorito.

neste ponto, eu ainda não entendia muitas coisas, mas sabia que isso não era tão comum.

meninos como nós não trocavam afeto com tanta naturalidade e frequência.

o que tínhamos era diferente.

o que tínhamos era especial.

e de alguma forma, mesmo sem conversarmos abertamente sobre isso, acho que henrique entendia nossa relação da mesma forma que eu, porque em um acordo tácito, que nunca precisou ser feito em voz alta, nossos afetos eram mais naturais e intensos quando estávamos só nós dois.

éramos mais nós mesmos longe dos olhos do mundo.

depois de galopar por quase uma hora, paramos em uma lagoa quase no limite de outra cidade.

a lagoa mais distante dentre as oito lagoas do nosso município.

lagoa verde tinha esse nome por conta da cor da sua água.

era extremamente linda.

era como nadar em esmeralda líquida.

mas a verdade é que quase ninguém parava por lá.

por conta da distância, comparada às outras lagoas da região, ela ficava quase sempre deserta.

era um refúgio secreto da natureza.

nós pulamos do hermes e sentamos na beira da lagoa, olhando a vida.

então deitei no gramado, apoiado nos meus braços.

henrique fez o mesmo.

os dedos dos nossos pés se encostaram e ficaram assim, em contato.

a gente precisava se encostar o tempo todo.

era como se o corpo de um fosse imã para o corpo do outro.

lembro que o sol castigava com força neste dia e que começamos a suar.

eu fui o primeiro a tirar a camisa.

eu gostava de ficar sem camisa, mas só quando estava perto do henrique.

meus pais controlavam muito da minha vida, e minha alimentação e meu físico estavam incluídos.

eu tinha uma nutricionista que decidia o que eu podia comer, e um profissional de educação física para acompanhar meus exercícios ao menos uma hora por dia.

"faz bem pra mente", minha mãe sempre dizia.

mas eu tinha certeza de que meus pais só queriam um filho que fosse apresentável, bonito aos olhos da sociedade.

isso fez com que eu desenvolvesse ombros largos desde cedo.

e a linha que dividia meu peitoral em pouco tempo era um vinco profundo em minha pele.

meus músculos só agravaram mais a sensação de rejeição que eu sentia vinda dos meus pais.

até meu corpo precisava se adequar para ser digno deles.

mas isso era o de menos.

eu estava acostumado com a eterna sensação de ser desajustado naquela família.

a eterna sensação de estar correndo atrás de um padrão estético, de uma inteligência elevada, de ser excepcional em alguma área, quando nada em mim dizia que eu tinha algum talento especial.

quando eu podia ser feliz sendo normal.

sendo apenas eu.

"tira a camisa também", falei para henrique, empurrando ele de leve com os ombros.

"eu não", henrique se encolheu mais ainda.

embora eu não ligasse muito pra essa coisa da estética, eu sabia que henrique admirava meu corpo, então encontrei em seus olhares surrupiados o foco para não largar tudo.

"por quê?", perguntei.

"meu corpo é esquisito."

"lógico que não! seu corpo é normal."

"normal não significa bom."

"normal é perfeito pra mim."

"sei. você fala isso só porque tá todo grandão, parecendo um armário."

essa observação me fez queimar por dentro.

"eu gosto do seu corpo", falei.

desse jeito consegui convencer henrique.

ele arrancou a blusa e me encarou.

"como é na sua escola?", perguntou ele.

"como assim?"

"com essa coisa de *ficar*. você já beijou alguém?"

"ainda não", respondi, sentindo algo se mexendo abaixo do meu umbigo, uma sensação parecida com a que antecede a queda em um brinquedo radical antes da última volta.

"duvido!"

"é sério."

"você é muito bonito, benedito. certeza que todo mundo deve ficar de olho."

"é, eu sou, né?" brincando, apenas ergui um dos braços, fazendo muque.

nós dois rimos.

"eu já fiquei sabendo que algumas meninas queriam ficar comigo, mas...", não completei a frase.

era verdade.

eu chamava a atenção das meninas.

mas não tinha espaço dentro de mim para mais ninguém.

henrique me olhou com atenção, esperando.

"mas não me parece legal dar um primeiro beijo sem gostar de verdade", concluí.

"faz sentido."

"pois é. mas e você?"

"ninguém me olha desse jeito, né?"

"é óbvio que deve ter *alguém* que olha, sim."

eu olho!, meus pensamentos ficaram em polvorosa.

"então ainda não fomos apresentados."

nós dois rimos e voltamos a olhar para o céu.

eu ao menos fiz isso, sentindo as sombras das nuvens desenhando mosaicos sobre nossos corpos.

"suas veias são tão bonitas", sussurrou ele, me pegando de surpresa.

"que elogio diferente!"

"é que elas aparecem claramente por baixo da sua pele. dá vontade de passar os dedos."

"por que você não passa, então?", soltei a pergunta sentindo minha língua pesada, como se eu não soubesse usá-la.

escutei o farfalhar das folhas abaixo de henrique.

fechei os olhos.

e então só senti.

os dedos dele encostaram na palma da minha mão e foram subindo pela minha pele de forma lenta.

foi tão sutil, quase como cócegas.

foi tão forte, como uma tatuagem.

os dedos de henrique acariciaram meu pulso.

e então subiram pelo meu bíceps, traçando desenhos invisíveis que só ele via.

ele então acariciou uma parte dos meus ombros e deslizou pro meu peitoral.

sua mão parou acima do meu coração.
ele me desenhava com seus dedos.
meu corpo era uma tela e henrique era o artista.
eu queria ficar marcado pelo seu toque para sempre.
uma ilustração que só nós dois víamos.
um desenho que só nós dois entendíamos.
"seu coração tá acelerado", disse ele, baixinho, quase uma brisa.
estendi a mão por impulso e toquei no seu peito, assim como ele fazia comigo.
"o seu também."
abri os olhos.
encontrei henrique muito perto.
vislumbrei seu rosto magro e anguloso, seus olhos grandes e castanhos, seu nariz pequeno e a boca grande.
lembro que uma nuvem passou e o sol banhou nossos corpos.
a boca dele parecia brilhar ainda mais.
estava molhada.
senti sede.
"seus olhos são como girassóis", disse henrique.
"girassóis?"
"é, tem dois girassóis nos seus olhos... um círculo amarelo na íris... é tão diferente e bonito, é como se tivesse girassóis em você."
aquela era provavelmente a coisa mais bonita que eu já tinha ouvido.
meu coração acelerou ainda mais, quase como se sussurrasse o nome de henrique.
como poderia ser diferente?, pensei.
lembrei então de uma aula a que eu tinha assistido naquela semana.
meu professor disse que as estrelas brilham porque emitem luz e calor, mas muitas delas já estão mortas.
a luz de uma estrela leva tanto tempo para nos alcançar que, às vezes, o que vemos é o passado.
olhar para o céu, pensei, *era como olhar para trás.*
mas nem todas as estrelas estavam mortas.
algumas ainda estavam vivas, brilhando.
henrique era esse tipo de estrela.
viva.
emanava luz, calor, brilho.
uma estrela que eu enxergava, independentemente da distância.

e, perto dele, eu também sentia como se fosse uma estrela.
como se eu também brilhasse.
vivo.
eu também era uma estrela viva.
não aguentei mais me segurar.
já tinha me segurado tanto.
já tinha fantasiado tanto.
nos meus sonhos, tinha feito aquele caminho um milhão de vezes.
naquele momento eu quis fazê-lo de verdade, acordado, existindo.
eu me inclinei e toquei seus lábios.
com uma das mãos segurei sua nuca e o puxei para mim.
henrique deitou por cima do meu corpo.
primeiro foi delicado e sutil, quase o toque de um véu.
depois virou outra coisa.
nosso beijo se transformou em um pedido urgente.
uma reivindicação pelo tempo perdido.
um chamado do passado, do presente e do futuro.
língua.
saliva.
dentes.
lábios.

anos de tensão afiada, de pensamentos silenciados, de desejos soterrados no meu íntimo porque eu tinha medo do que estava sentindo, caíam no gramado naquele momento, como um muro sendo demolido.

henrique beijou meu pescoço, meu peito, e desceu com a boca pelo meu corpo.
eu lembro de sentir tudo.
eu lembro de abrir os olhos e ver a lagoa verde ao fundo.
e lembro de pensar que verde era a minha cor favorita.
verde era a cor mais bonita do universo.
verde fazia eu me sentir vivo.
henrique fazia eu me sentir vivo.
"você faz eu me sentir vivo", falei, baixinho.
"o quê?", perguntou ele.
"nada!", respondi, de repente envergonhado.
henrique me olhou nos olhos e então nós dois começamos a rir alto.

ele deitou a cabeça no meu peito e nós só ficamos assim, nossos sexos presos em nossos shorts como pássaros na gaiola, querendo abrir toda a envergadura de suas asas e voar.

henrique pigarreou e eu dediquei a ele toda minha atenção.

ele falou:

"quer ouvir uma piada?"

"eu sempre quero."

"um casal decide ter uma conversa pra terminar o relacionamento. ela diz: você nunca ouve nada do que eu digo. ele responde: o quê?"

nós dois começamos a rir alto.

minha barriga doeu de tanto rir.

não pela qualidade da piada, mas porque eu estava feliz.

eu não mudaria nada daquele dia.

eu lembraria dele para sempre.

eu gravaria na memória cada detalhe.

o cheiro da pele de henrique.

e principalmente o gosto dos seus lábios.

eu finalmente tinha dado meu primeiro beijo na boca.

e foi o beijo em alguém que eu gostava.

eu era um moleque feliz.

antes de dormir, lembrei o que ele havia dito sobre os girassóis nos meus olhos.

"é como se tivesse girassóis em você."

mas quando estávamos juntos, boca com boca, pele com pele, era como se tivéssemos girassóis em nós dois, não apenas em mim.

havia girassóis em nós.

14
HENRIQUE
PRESENTE

— Em qual brinquedo a gente vai primeiro? Benedito corre até o meio do parque de diversões desativado. Há uma dezena de brinquedos ali.

— Não sei — respondo.

— Em qual você quer ir?

— Nenhum? — Jogo as mãos para o alto. — Isso não é invasão de propriedade? Eu sinceramente acho que estamos cometendo algum crime.

— Mas estamos no meio do nada — Benedito me encara em expectativa —, como você bem pontuou.

— Mas os brinquedos têm dono, imagino eu.

— Ai, você tá muito chato! — Benedito cruza os braços e me encara.

De repente, me sinto transportado para o passado. É como se nossas versões mais novas se encarassem e pela primeira vez eu estivesse dizendo não para alguma ideia doida de Benedito. E a questão é que eu *nunca* disse não; sempre embarquei em todas as suas aventuras.

Mas eu não sou mais aquele Henrique... eu cresci. E ele também.

— Anda, Henrique! — Benedito bate o pé. — Estou esperando.

— Só uma pergunta...

— Só uma! — Ele ergue o dedo, como que para reforçar que não vou ter outra chance.

Isso me paralisa por um instante. Eu só tenho uma pergunta para colocar juízo na cabeça dele. Isso é muito pouco!

— Você... sabe como ligar esses brinquedos?

Invadir um espaço que não é nosso é uma coisa, agora saber ligar os brinquedos é outra. Estamos falando de montanha-russa, roda gigante, brinquedos que lidam com altura e com um certo nível de perigo.

Benedito solta uma risada.

— A gente passou por uma experiência de quase morte e um brinquedo é o que te assusta?

— Quê? — A pergunta me pega de surpresa. Por um momento, fico na dúvida se ouvi certo. — Mas é lógico que sim. Alguma hora a experiência de *quase* morte pode deixar de ficar no *quase*... — Tusso. — E eu ainda nem realizei meus sonhos e...

— Tá tudo bem. — Benedito abre seu sorriso. — Era só pra confirmar.

— Mas que pergunta boba...

— Vamos fazer assim... — Benedito me pega pela mão e me puxa para o lado esquerdo do parque. — Vamos em um brinquedo que não seja tão perigoso, pode ser?

— Pode ser. — Minha voz sai fraca, porque a verdade é que chegou o momento em que ou continuo travando essa batalha que parece perdida, ou abro mão da racionalidade e entro na onda de Benedito. Quer invadir um parque de diversões no meio do nada? Tudo bem, vou agir como a minha versão de 12 anos atrás e dizer sim, ignorando todo e qualquer perigo.

Quando percebo, estamos em frente à pista de carrinho bate-bate. Há pelo menos uns dez carrinhos coloridos na pista.

— Quer escolher o seu antes de eu ligar o brinquedo? — pergunta Benedito, abrindo uma portinha metálica que me leva diretamente para a pista.

Eu o encaro, desconfiado.

— Você parece muito à vontade nesse ambiente — falo, num tom quase acusatório.

— É, também acho.

— Me fala a verdade! — Cruzo os braços e continuo o encarando, os olhos apertados.

— Senão o quê? — Benedito apoia o corpo na cabine metálica de controle do brinquedo e me encara com uma sobrancelha erguida, em desafio.

Preciso me segurar para não rir, mas é difícil quando me deparo com um homem desse tamanho fazendo expressões que me remetem à infância.

Mas, então, desfaço minha pose porque algo mais importante chama a minha atenção.

— Tá sentindo esse cheiro? — pergunto para Benedito, preocupado.

— Cheiro? — Ele ergue o braço e cheira a própria axila, ainda fazendo graça. — Que cheiro?

— Não, é sério. — Olho ao redor, procurando a fonte. — Cheiro de fumaça. Cheiro de fogo.

— Entendi. — Benedito pula da plataforma do brinquedo e volta para o gramado.

Ele dá alguns passos para trás e faz uma volta completa, com os braços erguidos.

— Não tem fogo aqui, Henrique! — diz ele com um sorriso. — Só o cheiro do mato. O cheiro puro da natureza. Respira fundo, vai! — Ele se aproxima, esperando. — Respira. Sente esse ar sem poluição.

Eu fico procurando qualquer sinal de zoação nos seus olhos, mas não há; ele realmente está falando sério.

Como é difícil teimar com Benedito, faço o que ele pede. Fecho os olhos e puxo o ar com toda força, preenchendo meus pulmões.

Quando abro os olhos de volta, só existe a paz do campo e a pureza do ar do interior.

— E aí? — pergunta ele, na expectativa.

— É... — Olho para o lado, meio envergonhado. — O cheiro sumiu.

— Certo! — Benedito volta para o espaço de controle do brinquedo, aperta alguns botões e um ruído metálico seguido por luzes vermelhas indicam que o brinquedo ligou. — Tá tudo sob controle, tá bom? — Ele me olha por um segundo, enquanto ainda mexe em alguns botões. — Eu meio que conheço o dono desse parque...

— Conhece?

— Aham. Ele é um amigo da fazenda e me deixa ficar na roda-gigante por horas e horas nos dias de tristeza, o que, sem querer entrar em detalhes, digamos que tenham sido muitos... — Ele desvia os olhos, como se com medo de eu ler os 12 anos do seu passado de que não fiz parte. — De qualquer forma, aprendi a operar a maioria dos brinquedos.

— E cadê esse seu amigo? — pergunto — Ele tá por aqui?

— Seu Jesus é um homem muito ocupado! — Benedito finalmente pula para a pista, parando ao meu lado. — Não sei exatamente onde ele está agora.

— Esse é tipo aqueles parques itinerantes?

— Quantas perguntas, Henrique! — Benedito me olha de cima a baixo, de forma irônica. — Podemos brincar agora ou o interrogatório vai continuar?

— É que é tudo tão esquisito... — confesso, porque é assim que me sinto em relação àquele parque no meio do nada.

— A vida é esquisita! — Benedito pula para um dos carrinhos, o vermelho, e começa a movimentá-lo. — Você poderia, por favor, entrar em um carrinho antes que eu te atropele?

Corro para o carrinho mais próximo, um rosa.

— Sem mais acidentes por hoje... — digo baixinho, quase para mim mesmo.

Olho para o fundo do carrinho e vejo dois pedais: um acelera, o outro dá ré. Ou será que freia?

Começo a testar os pedais quando sinto o impacto do carrinho de Benedito contra o meu.

Por um segundo, perco o ar.

Parece que estou dentro do carro da carona, sendo atingido pela picape vermelha de Benedito e vendo vidro e sangue explodirem na minha frente tudo de novo. O mesmo acidente.

Pisco os olhos, e tudo volta ao normal.

Estou bem.

Estou no carrinho de bate-bate.

A gargalhada de Benedito interrompe meus pensamentos. Olho para ele e vejo lágrimas em seu rosto. Ele mal se aguenta de tanto rir.

— Você tinha que ver a sua cara de susto! — Ele aponta para mim e se curva de tanto rir.

Aproveito a deixa, dou uma rezinha e então bato no carro dele com tudo, fazendo Benedito quase saltar do brinquedo.

Quando ele me olha, o estou encarando com vingança ardendo nos olhos.

— Quem está assustado agora, hein?

E mostro a língua, tal qual um pirralho implicante.

Antes que eu me dê conta, começamos uma perseguição pela pista, onde nossas risadas parecem não ter fim.

15
benedito
passado

"meu filho está crescendo", disse meu pai naquele janeiro. eu estava crescendo havia tempos, mas aquela frase tinha um tom diferente.

ele falava assim porque eu estava prestes a entrar no ensino médio, e porque estávamos na frente dos amigos dele.

ele gostava de me exibir, principalmente para impressionar os outros, como se eu fosse uma extensão de algo importante que ele quisesse mostrar.

tanto ele quanto minha mãe tinham esse costume, de me tratar como um troféu.

eu era um projeto.

eu ficava na estante de suas vidas, e os dois só lembravam de mim quando queriam me exibir.

mas aquilo não me importava muito.

eu estava perdido em pensamentos mais profundos.

"com licença", pedi, e me afastei da mesa cheia de rostos estranhos.

caminhei quase flutuando para o quarto, onde pensamentos sobre ele pareciam ocupar cada espaço vazio da minha mente.

henrique e eu.

eu e ele estávamos crescendo, animados com o que o futuro traria.

pela primeira vez, estudaríamos juntos.

a mesma escola, a mesma sala.

henrique sempre foi muito mais inteligente do que eu ou qualquer um que já conheci.

tia dulce não tinha como pagar pelo colégio mais caro de oito lagoas, mas uma bolsa de estudos havia aberto um portal que ele cruzou com facilidade.

ele tinha nascido para brilhar, e todos sabiam disso.

naquela noite, liguei o computador e mandei uma mensagem para ele por uma rede social:

"tá fazendo o quê?"

"nada. só pensando em você."

"pensar em mim não é nada, é alguma coisa."

"alguma coisa boa, arrisco dizer."

"animado pra escola?"

"quem fica animado com a escola?"

"você devia ficar, já que é nerd!"

"eu não sou nerd!!!"

"é sim"

"na verdade, tô meio preocupado... será que vou conseguir acompanhar todo mundo?"

"fala das aulas?"

"isso!"

"henrique, você é a pessoa mais inteligente que eu conheço."

"não sou, não!"

"é, sim! você nunca teve as melhores condições e, mesmo assim, sabe muita coisa. agora é hora de expandir todo esse conhecimento. de aprender mais!"

"é, até que vendo por esse lado..."

"é o único lado pra ver!"

"obrigado."

"além do mais, isso vai te ajudar com o vestibular!"

"não é cedo pra falarmos disso?"

"o vestibular está na porta!"

"não, benê. o vestibular ainda vai demorar uns três anos."

"eu sei, mas..."

"é que eu não sei se quero fazer faculdade."

"não fala assim."

"é verdade. só o que eu sei é que temos o presente. o presente onde de segunda a sexta eu vou com a minha mãe pra sua casa e posso beijar sua boca e sentir seu coração batendo contra o meu quando estamos nos pegando atrás das árvores dos bosques, ou tomando banho completamente pelados nas lagoas mais afastadas, conversando sobre o mundo, sobre nossos medos e sobre a filosofia das coisas. estou abrindo meu coração ou só recitando o trecho de um filme ruim de baixo orçamento? você decide!"

abri um sorriso sem perceber.

meu coração acelerou, e aquela sensação estranha, como se eu já o amasse há uma vida inteira e ao mesmo tempo estivesse apaixonado só desde ontem, tomou conta de mim.

talvez ninguém no mundo entendesse como eu me sentia.

"só temos o presente", escrevi. "e o presente com você é incrível."

adormeci com um sorriso no rosto.

e acordei naquele domingo contando as horas para a segunda-feira chegar.

nunca estive tão animado para a volta às aulas.

minha felicidade tinha nome e sobrenome.

poder estudar na mesma escola que henrique era uma promessa de novos encontros, de momentos roubados entre as aulas e os corredores.

e estar com ele era tudo o que eu desejava.

eu amava henrique, disso eu sabia.

não havia dúvidas nem complicações — apenas a certeza calma e firme de que esse sentimento existia.

mas, como sempre parece acontecer antes de algo bom, o domingo da véspera do primeiro dia de aula trouxe uma sensação estranha.

a manhã estava nublada, quase sombria, como se o céu escondesse segredos ou me preparasse para algo difícil.

desci as escadas ainda meio grogue, e lá estava o café da manhã habitual na mesa.

suco de laranja fresco, ovos mexidos e a fatia de pão integral.

o mesmo cardápio de todos os dias.

os mesmos sabores por uma eternidade.

minha mãe estava à mesa, absorta em revistas de moda.

mas quando percebeu minha presença, ergueu o rosto com um olhar calculado, como se quisesse dizer algo, mas hesitasse.

senti um aperto no estômago.

da boca da minha mãe saíam mais notícias que me entristeciam do que o contrário.

"animado para o primeiro dia?", perguntou ela, com um sorriso contido.

dei de ombros, tentando esconder o entusiasmo.

"mais ou menos", menti.

ela não podia saber que eu estava feliz por voltar às aulas — ela desconfiaria.

me farejaria por inteiro até encontrar a verdade.

ela manteve o sorriso, mas uma sombra passou pelo seu rosto, e eu soube na hora.

a conversa ainda não tinha acabado.

havia algo que ela queria saber.

algo que a incomodava.

"o henrique vai estudar lá também, né?", perguntou como quem não quer nada, mas senti o peso que aquela pergunta realmente carregava.

"sim... acho que sim." tentei não gaguejar, mas meu corpo gelou.

minha mãe me observava, seus olhos buscando algo que eu temia que ela encontrasse.

"interessante."

ela sustentou meu olhar, me vasculhando como quem espera uma resposta nas linhas do meu rosto, a menor hesitação na minha expressão.

ela umedeceu os lábios antes de continuar.

nunca esqueci que na minha cabeça, parecia que ela tinha veneno na língua.

"filho, sei que vocês são muito próximos, bons amigos..., mas a escola que eu e seu pai pagamos é a mais cara da região. não é apenas um lugar para você aprender — é um lugar para construir contatos. para conhecer outras famílias. você me entende?"

"não", respondi, seco.

mas, sim, eu entendia.

infelizmente, eu entendia muito bem.

ela sorriu, mas não era um sorriso verdadeiro; seus lábios se curvaram timidamente para cima enquanto seus olhos permaneciam frios, imutáveis, como os de uma estátua.

"às vezes, certas amizades podem influenciar a gente de maneiras que... nem sempre são ideais", continuou, pesando cada palavra. "acho importante você se cercar de pessoas que compartilhem dos mesmos valores. dos mesmos objetivos."

que objetivos?, pensei, engolindo o grito que ardia na garganta.

ela queria que eu me afastasse de henrique porque ele era o filho da empregada, o bolsista.

estava tudo ali, cristalino nas entrelinhas.

ela pousou a mão sobre a minha, esperando que eu a encarasse.

"seu pai concorda comigo. esses próximos anos serão decisivos para você."

era a forma dela de dizer que ela e meu pai estavam juntos nisso, compartilhando da mesma visão de mundo — hipócrita, calculada e excludente.

assenti, porque não havia mais nada que eu pudesse responder.

minha mãe se levantou, saindo satisfeita da sala como um fantasma flutuando pela casa.

fiquei ali, imóvel, a mente rodopiando, sentindo alívio por ainda não ter comido nada, porque, se tivesse, acho que teria colocado tudo para fora.

16
HENRIQUE
PRESENTE

Eu e Benedito voltamos a ser crianças ali, perdidos entre risadas, despreocupados com o mundo exterior. Nem sei quanto tempo se passou, mas ainda estávamos rindo quando decidimos nos levantar em nossos carrinhos.

Quando fico de pé, minhas pernas estão tremendo.

— Tudo bem aí? — Benedito se aproxima, apoiando a mão no meu ombro.

— Sim... Só minhas pernas... Parece que eu não sinto elas.

— Estão dormentes, não? — Ele se agacha e massageia minha panturrilha. — Ficamos muito tempo sentados e deve ser falta de circulação sanguínea. Logo volta ao normal.

É um toque sem maldades, mas arrepia minha nuca e dispara meu coração. Será que Benedito sabe tudo o que causa em mim? Porque se ele souber, o que está fazendo comigo é tortura.

Quando finalmente para de massagear minha perna, levanto rápido demais e saio da pista de bate-bate tentando conter tudo o que sinto dentro de mim; excitação, medo, desejo, saudade.

— Já deu por hoje ou quer ir em mais algum brinquedo? — pergunto para ele, já que meu medo de morrer naquele parque passou.

— Montanha-russa? — Ele me encara cheio de expectativas.

— Não.

— Roda-gigante?

— Não também.

— Por quê?! — Ele quase choraminga, como uma criança.

— Porque eu só toparia ir num desses com uma pessoa aqui embaixo, controlando tudo. Onde está esse seu amigo, o seu Jesus? Chama ele.

— Ah, então deixa! — Benedito dá de ombros e começa a caminhar para fora do parque. — Jesus não está aqui.

— Ele literalmente deixa todos os brinquedos sem supervisão?

— Quem roubaria uma roda-gigante, Henrique? — Benedito se vira para me olhar e solta uma risada.

— Eu sei lá! Tem bandido pra tudo!

— Acho que você ficou muito traumatizado com a cidade grande. Você sabe que as coisas aqui são diferentes.

— É, talvez eu tenha ficado mesmo... — digo, me sentindo triste com essa realidade.

Ao longe, Hermes ainda está perto da mesma árvore em que o deixamos.

— Você não pensa em voltar?

A pergunta de Benedito me pega de surpresa.

Olho para ele, para o seu rosto contra o sol.

— Para Oito Lagoas? — pergunto de volta, porque ainda não sei o que pensar.

— É. Meio que... levar uma vida mais simples.

— Uma vida mais simples — repito, como um bobo, porque ainda estou mexido por dentro.

— Que coisa idiota de se pensar, né? — Benedito balança a cabeça.

Eu paro de andar, porque estou tocado, de alguma forma, por aquelas palavras.

Uma vida mais simples.

Eu sempre pensei nisso.

Nos oito anos que moro em São Paulo, em que eu me submeti a tantas humilhações em troca de um salário que mal dá pra pagar as despesas básicas, eu pensei muito: por que não voltar? Por que não recalcular meus planos? Por que não fazer a bússola dos meus sonhos apontar para outra direção?

Mas o que teria pra mim em Oito Lagoas, no fim das contas?

Precisei ir embora daqui quase que por uma necessidade biológica.

Cada poste da cidade me lembrava de Benedito. Cada fio de poste me lembrava de Benedito. Cada pedaço quebrado de uma calçada qualquer me lembrava de Benedito.

Desde o dia em que o conheci, era como se ele tivesse alterado meu DNA, e todo o mundo, todo o meu mundo, passou a existir através da presença dele na minha vida.

Isso, somado ao fato de que meus sonhos pareciam muito mais distantes em Oito Lagoas do que em São Paulo, me fez arrumar minha mochila e simplesmente ir embora para tentar ser feliz em outro lugar.

— Henrique?

A voz de Benedito interrompe meus pensamentos. Ele está alguns passos na minha frente, parado, me esperando.

— Não é algo idiota de se pensar — respondo a primeira coisa que se passa pela minha cabeça —, mas, de alguma forma, eu sinto que Oito Lagoas não é mais a minha cidade.

— Lógico que Oito Lagoas é sua cidade, Rique! Você nasceu aqui. Foi criado aqui.

— Eu sei... não foi isso que eu quis dizer. — Olho para os meus pés. — É que depois que te conheci, tudo mudou. E quando você foi embora, era difícil demais não ser triste vivendo aqui.

Falo e continuo andando, ultrapassando Benedito, que fica paralisado, e vou até Hermes, acariciando seus pelos.

Não sei se ele preferiu ficar para trás para evitar o desconforto da minha resposta, mas isso é uma questão com que *ele* tem que lidar, certo? Eu não menti, ao menos.

— Sinto muito. — A voz de Benedito chega antes de sua presença.

— Pelo quê? — Me viro para encará-lo, fazendo minha melhor expressão de desentendido.

Benedito suspira, tira o chapéu e o pressiona contra o peito, quase como se fosse um juramento.

— Você sabe *pelo quê*. — É o que ele responde, sua voz firme, sem inflexões.

Eu só concordo brevemente, de forma quase imperceptível. Não sei o que estou sentindo, não sei se há algo a ser perdoado, não sei se eu estaria pronto para dar esse perdão se fosse o caso.

O clima pesa. É quase físico. E me sinto mal por ter causado esse desconforto...

— Sabe do que eu lembrei? — digo, de forma descontraída.

Eu sou um cínico mesmo. Pareço até um ator. Mas eu sou, não sou? Comediantes também são atores.

— Não, conta aí — responde Benedito, colocando seu chapéu de volta na cabeça e indo acarinhar Hermes.

— Bem... — me viro na direção do parque —, esse parque daria um ótimo cenário para um dos seus filmes, hein... A iluminação, os brinquedos...

Não sei se estou falando merda. Eu sei que pouco antes do nosso adeus, do corte final, Benedito já não se interessava mais por cinema. Seus pais tratavam sua paixão como hobby, algo para passar o tempo, distrair a mente. E Benedito cedeu, como sempre, deixando seus desejos enterrados no fundo do peito.

— É verdade. — Ele dá alguns passos e para ao meu lado, observando o parque ao longe. — Você tem toda razão.

— Você voltou a filmar? — pergunto, virando o rosto para encará-lo.

— Você ainda conta piadas? — revida ele, com os olhos brilhando.

Sinto meu coração acelerar de novo.

Eu juro que nem paro pra pensar muito e, quando percebo, estou falando em voz alta:

— E eu que encontrei o meu ex por acaso, 12 anos depois, e tudo o que ele disse foi que sente falta das minhas piadas. Só não sei se ele ria por achar engraçado ou porque era a única coisa que ainda dava certo no nosso relacionamento.

— Ei! — Benedito está rindo e ao mesmo tempo com cara de ofendido. — Essa foi boa! Mas é só meia-verdade! Eu sempre te achei hilário, e definitivamente muita coisa no nosso relacionamento dava certo...

— Eu sei — interrompo. — É só que a piada precisa funcionar, então...

— Arrisco dizer — continua ele, como se eu não o tivesse interrompido — que entre nós dois, mesmo, tirando o mundo externo, tudo dava certo.

— Não seja esse tipo de ex! — falo, dando um tapa no ombro dele.

— Que tipo?

— O legal.

— Mas eu sou legal!

— Eu sei. E é irritante pra caramba. Não seja o ex legal que olha para trás com carinho e afeto quando você tem um casamento marcado pra, tipo, amanhã — falo mais para me situar em terra firme, para sentir o terreno, do que para alfinetá-lo.

Eu não posso me permitir flutuar à mercê dos sentimentos que Benedito provoca em mim. Não posso.

— Tá. — Benedito assente. — Você tem razão.

Tenho?, penso quase em voz alta. É tão difícil ouvir essa frase que me pergunto se Benedito está delirando.

— Antes de, enfim, continuarmos a viagem — diz ele —, tem mais um lugar que eu queria passar.

— Mais um lugar estranho no meio do nada? — brinco, cutucando ele com o cotovelo.

Benedito não responde. Está sério, as sobrancelhas franzidas para baixo, do mesmo jeito que ele ficava quando estava ou concentrado, ou irritado.

Ele monta em Hermes com toda aquela leveza e me estende a mão. Eu sou içado e colo meu corpo no dele, sem piadinhas dessa vez.

Encosto a cabeça em suas costas e então, silenciosamente, mergulhado em meus pensamentos, deixo que ele me guie.

17
henrique
passado

era meados de maio.

o calor abafado se misturava com a iminência de uma chuva pesada; as nuvens não deixavam dúvidas.

naquele dia, decidi deixar meu almoço em casa de propósito.

meu corpo crescia rápido, ficando mais forte e desenvolvido, mas a comida preparada sempre me lembrava das correntes que meus pais colocaram em volta do meu pescoço.

meu desejo de ter mais liberdade com henrique não passara de um sonho.

meus horários continuavam apertados.

uma rotina a respeito da qual eu não tinha permissão de opinar.

me doía ver todos os momentos em que eu perdera o toque de henrique por simplesmente ter que fazer o que meus pais queriam.

eu não era visto como um filho, muito menos como um ser vivo.

eu era um projeto.

mas naquele início de maio, eu teria uma desculpa para escapar e almoçar fora.

com henrique.

quando o sinal tocou, anunciando o almoço, corri até ele antes que escapasse pela porta.

"posso comer com você?", perguntei, com o coração acelerado.

"hmm, vou pensar no seu caso..."

ele fez uma cara de quem refletia profundamente por um segundo, depois me empurrou de leve, rindo.

em instantes estávamos rindo juntos, como sempre.

rir com ele era fácil.

parecia o jeito certo de existir.

"não trouxe seu almoço hoje?"

"não."

"o que houve?"

"eu não posso simplesmente ter esquecido?"

"difícil... você esquecer algo? mas tudo bem."

eu queria beijá-lo, muito.

mas estávamos cercados por uma horda de alunos.

caminhar ao seu lado, em silêncio, já era muito mais do que eu tinha nos outros dias, quando ficava preso no refeitório, encarando minha comida preparada como quem engole horas perdidas.

seguimos até um restaurante simples, onde ele sempre comia.

"eles aceitam o ticket da minha mãe", ele comentou certa vez.

henrique só podia comer em lugares que aceitavam o benefício de dulce.

foi meu primeiro choque de realidade.

eu reclamava de marmitas feitas por um nutricionista, enquanto henrique precisava se adaptar a restrições financeiras.

nossas vidas haviam sido desenhadas para seguir caminhos diferentes. havia um abismo entre nós e eu tinha medo de que ele crescesse mais a cada dia.

"vem", ele me chamou.

peguei um prato vazio e entrei logo atrás, seguindo a fila.

ele estava do outro lado, quase de frente para mim.

henrique me olhou, como se lesse meus pensamentos.

"vai seguir a dieta hoje?"

"definitivamente, não", disse, a resposta saindo tão rápido que me assustou.

"seu tanquinho não vai sumir por causa de um dia, né?"

"assim espero."

ele então piscou para mim, me deixando corado e um tanto desconcertado.

henrique amava passar os dedos pelo meu corpo.

e eu amava sentir seu toque deslizando pela minha pele.

Naquela idade, bastava um olhar para meu corpo todo pegar fogo.

ele apontou para o recipiente colorido.

"é a melhor coisa daqui."

a melhor coisa.

tive vontade de dizer que *ele* era a melhor coisa ali, no mundo todo.

mas apenas sorri e perguntei o que era.

"é torresmo, dã!!! dona joana tem mãos de fada. ela faz o melhor torresminho do mundo."

ele riu, como se fosse crime não saber o que era.

ri junto, encantado com seu jeito.

eu confiei, enchendo meu prato de torresmo e batatas fritas, sem me importar com os limites impostos pela minha mãe.

cada garfada me fazia mais feliz.

sentado com henrique nos bancos de madeira, ouvindo-o reclamar das aulas e do cansaço constante, eu percebi que poderia viver com pouco.

o que me fazia feliz estava ali, ao meu alcance.

conversamos por um tempão, e voltar para o colégio com ele foi só a continuação do melhor dia que já tive.

a chuva começou a cair enquanto saíamos do restaurante.

corremos, desviando das poças, segurando as mochilas acima da cabeça.

"você não trouxe guarda-chuva?", perguntou ele em tom de brincadeira, como se fosse uma loucura.

"você também não trouxe," respondi.

"sabe por que os terapeutas amam guarda-chuva?", perguntou ele, com um sorriso.

"por quê?"

"porque vivem se abrindo."

no meio da rua, gargalhei tão alto que ele riu mais da minha risada do que da piada.

ele parecia orgulhoso.

comer torresmo com henrique e gargalhar na chuva foi meu primeiro grande ato de rebeldia.

18
HENRIQUE
PRESENTE

Suspeito até que eu tenha cochilado com o rosto colado nas costas de Benedito; só sei que, quando Hermes diminuiu a velocidade, tinha uma linha generosa de saliva seca no meu queixo.

Cocei os olhos com uma das mãos, mantendo a outra na cintura de Benedito para me manter estável, ao mesmo tempo em que tentava reconhecer onde estávamos.

Tínhamos saído do terreno de campina verde; estávamos em uma área asfaltada, com casas espaçadas aqui e ali. Muitas ruas de Oito Lagoas eram assim; as casas não eram coladas umas nas outras; aqui, muitas delas tinham quintais enormes separando-as da residência vizinha.

— Benedito... — sussurrei, apertando a cintura dele com a mão que ainda estava ali.

— Olha só... Finalmente acordou... — Ele olhou pra mim por cima do ombro, com um sorrisão no rosto.

— Desculpa... A viagem de São Paulo pra Montanha Verde já foi longa, ainda tive que pegar a carona pra vir pra Oito Lagoas e...

— Não precisa se desculpar. — Ele vira o rosto para a frente de novo. — Eu fico feliz que você ainda consiga dormir encostado em mim...

Engulo em seco, enquanto sinto meu corpo esquentar e ficar em alerta no mesmo instante. Eu quase me desequilibro, mas consigo fingir normalidade.

Nós fazíamos muito isso na nossa juventude; íamos para qualquer lugar em que podíamos ser só nós dois e, muitas das vezes, apenas dormíamos juntos, sempre na mesma posição. Eu apoiado no peitoral, ou no abdômen, ou nas coxas de Benedito. Isso nunca mudava; ele sempre servia de apoio.

Mesmo que muitas das nossas fugidas fossem para nos beijarmos, nos tocarmos, nos sentirmos, nossos cochilos juntos eram uma das provas mais fortes de intimidade que podíamos compartilhar um com o outro.

— Onde a gente tá? — perguntei, depois de voltar a mim.

— Perto da Lagoa do Ipê Amarelo.

— A gente já tá em Oito Lagoas? — Coço os olhos. — Quer dizer... por que a gente veio pra cá?

— Logo vou te contar.

A rua em que estamos é muito tranquila, quase deserta. Não tem ninguém na calçada ou nos quintais.

Hermes cavalga de forma rítmica até o fim da rua, onde Benedito indica que ele pare. Ele salta e estende os braços para me ajudar a apear.

— Você nem desconfia de quem mora aqui, né? — Ele indica a casa com a cabeça.

É uma casa bem bonita, por sinal. Dois andares, toda amarela, com muros altos e arame farpado no topo. Sinceramente, eu nunca tinha visto uma única casa com arame farpado em toda Oito Lagoas.

— Não faço ideia — respondo.

Benedito se aproxima de mim, abaixando o tom de voz. Até Hermes parece controlar o som da sua respiração.

— O diretor Alencar. — Benedito fala o nome dele como se ardesse em sua língua.

Diretor Alencar... Não que eu tenha tido muitos diretores nas escolas onde estudei, mas eu ainda não conseguia fazer a conexão. Por que Benedito quis vir aqui, até a casa dele?

— Não estou entendendo nada.

— Fala baixo! — sussurra ele, o dedo indicador apontado em riste, quase tocando o meu rosto.

— Tá, tá! — sussurro com urgência. — Mas você vai me explicar ou o quê?

— Foi ele que falou pros meus pais que a gente se... — Benedito arregala os olhos e desvia o olhar, encarando o muro amarelo como se fosse a coisa mais interessante. — Sabe, no baile...

Ele completa, sem descrever os detalhes, e eu entendo.

— Sim — digo.

— É.

E um silêncio inquietante fica ali, rodando a gente, como uma nuvem de fumaça.

— Tá... — Encosto no muro. — E qual é o seu plano? Aparecer na porta dele todo bombado e, sei lá, *ameaçar*, talvez *bater* no diretor da escola? — Minha voz vai ficando mais fina, provavelmente mostrando quanto eu acho a ideia absurda.

Benedito ri.

— É uma ótima ideia.

— Benedito... — Seguro ele pelo pulso. — Pelo amor de Deus, eu estava sendo irônico e...

— Rique, relaxa! — Benedito pousa a mão livre por cima da minha e é quase imperceptível, mas sinto o seu dedão fazer um leve carinho na pele sensível entre meu dedo indicador e polegar. — Eu não sou louco, ok?

Eu sustento seu olhar, brincando, como se não acreditasse na sua defesa, e ele me empurra de leve.

— Tá, então qual é o plano? — pergunto, curioso.

— Espera aqui, ok?

— Benedito, mas que...

E antes que eu possa protestar ou dizer qualquer coisa ou, sei lá, simplesmente entender o que ele está pensando em fazer, Benedito corre até o outro lado da rua, onde há uma casa sem muro separando-a do quintal amplo. Ele corre até os fundos da casa e fico apavorado, imaginando ele ser preso por invasão de privacidade.

Demoram uns trinta segundos, e quando ele reaparece, está carregando pelo menos quatro ovos em cada mão.

Ovos.

Ovos de galinha.

A situação não para de ficar mais absurda.

— Que porra é...

— Calma... — Ele me interrompe, quase tropeçando de tanto rir.

Eu e Hermes o encaramos com olhar de julgamento.

Benedito então se agacha na calçada e coloca os oito ovos cuidadosamente no chão.

— Benedito, você invadiu aquela casa! — falo, mas sem o tom de urgência, porque neste ponto deste dia caótico eu já entreguei nas mãos de Deus.

— Eu compro ovos aqui — responde ele, como se isso justificasse tudo.

— Você compra ovos aqui?

— Compro, ué! Eles têm um galinheiro.

— Benedito, você mora numa fazenda. Uma fazenda gigante! Que tem milhares de galinhas!

— Não milhares. — Ele se levanta, batendo as mãos na calça jeans, como se para limpá-las da palha que veio junto com os ovos. — Centenas, talvez.

— Ok. Você tem *centenas* de galinhas que colocam *centenas* de ovos. Por que você compra ovos fora?

Benedito é puro sorriso.

— De toda as coisas loucas que eu fiz até agora, o que mais te preocupa é eu *comprar* ovos e não usar os da fazenda? — Ele se aproxima e toca o dedo na pontinha do meu nariz.

Dura um segundo; um flash. Mas, neste instante, quase esqueço de tudo, de quem somos, de onde estamos, e me jogo nos braços dele.

Quase.

Dou um passo para trás lembrando que Benedito é um homem comprometido e vai se casar amanhã!

— Não. — Reencontro a minha voz depois de muito esforço. — Tudo nisso aqui é estranho... — Faço um gesto amplo indicando eu e ele. — Literalmente *tudo*!

— Eu sei! — Ele pisca o olho. — É o que torna tudo mais especial.

— Você só foge das minhas perguntas — reclamo, com medo de que ele me acuse da mesma coisa.

— Hum... beleza, você tem razão. Vamos lá... — Benedito assente. — Vou te dar algumas respostas.

— Finalmente...

— Eu gosto dos ovos daqui. A qualidade mesmo, sabe? Um ovo realmente bom é caracterizado por uma casca limpa, lisa, sem rachaduras e com coloração uniforme, seja ela branca ou marrom, não importa. Quando aberto, a clara deve ser espessa e translúcida, formando um anel bem definido ao redor da gema e...

— Benedito! — Estendo a mão, fazendo ele parar. — Vai se ferrar.

É óbvio que ele está zoando e tirando mais uma com a minha cara.

Benedito se aproxima, puro sorriso.

— Ainda bem que você me fez parar, porque eu não sabia mais o que falar.

— Você é um...

— Sem ofensas! — Ele pisca o olho, mas então solta o ar do corpo e recupera sua postura. — Eu conheço a família. Rosa trabalha lá em casa, é mãe de três filhos. Ela cuida da família sozinha... e como eles têm um galinheiro pra complementar a renda, costumo comprar os ovos da minha dieta aqui.

— Hum... — Solto quase um murmúrio, porque não sei muito bem o que dizer.

Mais uma vez sendo pego de surpresa, e nem preciso perguntar a veracidade da justificativa porque sei que Benedito não brinca com essas coisas.

— Certo. — Respiro fundo, voltando à órbita. — E o que exatamente a gente faz com esses ovos?

— Você quer mesmo saber? — Benedito se agacha e segura um deles na mão, me olhando com um sorriso rasgado no rosto, os olhos brilhando, queimando, a excitação quase acariciando meu rosto.

— Benedito...

— Esse filho da mãe foi super-homofóbico com a gente, Henrique... Éramos só dois meninos apaixonados, sendo, sei lá, dois meninos apaixonados.

— Sim... — Meu coração dispara com tanta força em meu peito que chega a doer. — Eu sei...

Éramos dois meninos apaixonados? Porque eu ainda me sinto desse jeito, tão pequeno, como se ainda não tivesse crescido... Eu quero crescer, quero ser adulto, quero...

Benedito me entrega dois ovos. Quando ele se levanta, está com um ovo em cada mão também.

— Não que isso vá mudar a homofobia do mundo, mas... bem... — Benedito dá de ombros e mergulha nos meus olhos. — A gente pode se divertir, né?

É como se eu visse tudo em câmera lenta.

Benedito estende o braço, o leva para baixo numa circunferência que me permite ver seus músculos em detalhes, os músculos de um atleta, e então inclina o corpo para a frente e o ovo voa por cima do muro alto. Escuto o ovo explodir na parede da casa.

Benedito me olha com os olhos arregalados, rindo alto.

— Sua vez — sussurra ele, inclinando a cabeça na direção da casa com urgência, enquanto se ajoelha e pega mais dois ovos.

Eu demoro um piscar de olhos para sair do estupor, mas assim que volto a mim, faço como Benedito e jogo o ovo com força.

Coloco minha raiva ali. Coloco minha mágoa. Coloco minha sanha por vingança.

O ovo voa e, quando explode na parede, é quase como se eu fosse abraçado por uma pessoa, por uma energia, mas... seria *satisfação*?

— ISSO, PORRA! — grita Benedito, erguendo o punho para o alto em comemoração.

— Isso! — digo com a voz fraca, presa na garganta pelo nervosismo, enquanto me agacho, pego outro ovo e jogo com tudo.

Benedito faz o mesmo, uivando como um lobo.

— TOMA ISSO, SEU ESCROTO! — grita ele, em êxtase.

— SEU MERDAAAAA! — grito, o som rasgando minha garganta.

Hermes relincha, parece que está fazendo coro com a gente.

— SEJA UMA BOA PESSOA, CARALHO! — Benedito pega o último ovo e me entrega. — Vai, joga o último.

— Eu?

— É lógico. — Benedito fecha a mão dele sobre a minha. — Coloca tudo pra fora.

Ao longe, quase como se eu ouvisse um som de outro cômodo, escuto alguém xingando. Provavelmente é o diretor, já ciente da bagunça que fizemos.

Olho para Benedito. Ele está cheio de expectativas. Abro um sorriso idiota, bobo, travesso.

Jogo meu braço para trás e então faço o ovo voar com tudo. O estouro soa ainda mais alto do que os outros.

— Agora vem!

Rindo alto, Benedito me pega pela mão, enquanto com a outra segura o cabresto de Hermes, e corremos juntos na direção da mata no fim da rua.

Enquanto o grito nos xingando vai ficando para trás, o mundo, de alguma forma, parece um lugar menos pior.

Olho Hermes se afastar para a direção oposta.

— O Hermes... — Puxo Benedito pelo braço, com urgência.

Benedito dá uma olhada atenta na direção para a qual o cavalo branco foi. Hermes corre tão rápido que parece até que tem asas.

— Hermes vai voltar para casa... — Ele vira o rosto e sustenta o meu olhar.

— A casa do seu amigo que cuida dele?

— Sim, ele mesmo. O que é dono do parque.

— Você ficou doido, só pode! — falo, arrancando uma risada minha e dele.

— Você conheceu ele... o Jesus, que trabalhou lá em casa.

— Jesus? — Paro de andar para encarar Benedito. — O senhorzinho que cuidava dos cavalos?

— Ele mesmo!

— Ele é dono de um parque? — Arregalo os olhos. — Ele ganhou na loteria ou o quê?

— Para de ser fofoqueiro, Henrique...

— Mas... Você tá me dizendo que ele cuida do Hermes e também é dono de um parque de diversões?

— Não que as duas coisas estejam interligadas, mas sim.

— Gente, isso parece aquelas histórias doidas que a gente inventava na infância...

— Não diminui o ritmo! — E então, puxando sutilmente meu braço, voltamos a correr. Benedito me olha por cima dos ombros e os girassóis nos seus olhos parecem estar ainda mais amarelados. — Agora vamos ser só nós dois.

19
benedito
passado

eu já não era mais o mesmo.
sentia algo mudando dentro de mim.
uma vontade imensa de me rebelar.
de jogar tudo pro ar.
de colocar meus pais contra a parede e exigir que me respeitassem.
que me vissem.
que me amassem do jeito que eu queria ser amado.
mas eu ainda não conseguia colocar o que eu sentia para fora.
mentalmente eu ensaiava tudo o que eu queria dizer.
palavra por palavra, tudo que eu sentia que precisava ser dito.
mas sempre que eu olhava para o meu pai ou para a minha mãe, aquela velha necessidade de não desapontá-los me tomava com força.
a realidade é que relações são mais complexas do que parecem.
eu sentia falta da minha mãe, mas sabia que da sua forma torta, diferente, ela me amava.
eu repudiava a rigidez do meu pai, mas também sabia que tudo o que ele fazia por mim, era porque me amava.
eles queriam um bom futuro para mim.
um futuro sem os tombos pelos quais eles haviam passado para chegar aonde chegaram.
mas eu tinha fé de que talvez a gente pudesse encontrar um meio termo.
um caminho que não me amordaçasse.
um caminho em que eles poderiam sentir orgulho de mim.

enquanto eu não chegava neste ponto da vida, descontava minha frustração na academia.

ou então fingindo que o mundo não existia, nos lábios de henrique.

ou então nas cavalgadas que eu dava com hermes, explorando o mundo no nosso entorno.

numa dessas vezes, éramos só nós dois, eu e meu cavalo.

atravessamos várias das lagoas da cidade, até chegarmos em uma bem distante.

mas no meio do mato, algo me chamou a atenção.

uma pequena casa de tijolos se destacava no meio do verde.

e o homem que estava ali na frente eu conhecia bem.

era jesus, o senhorzinho que ajudava a cuidar dos animais da fazenda.

já fazia um bom tempo que eu não o via por lá.

encontrá-lo assim, no meio do nada, me surpreendeu.

"olha só quem está por essas bandas", ele disse assim que me aproximei.

pulei de hermes e apertei sua mão.

a mão de jesus era grossa, calejada, áspera.

mão de gente cansada.

"olá, seu jesus! o senhor tá bem?"

"melhor do que eu imaginava estar, meu querido", respondeu ele com um sorriso.

ele então se afastou, foi até um tanque na lateral da casa, abriu a torneira e encheu o balde com água.

depois se reaproximou, deixando o balde no chão, ao alcance de hermes.

meu cavalo rapidamente se inclinou para matar a sede.

"obrigado."

"não há de quê", ele inclinou a cabeça para o barraco. "eu estava passando um café, o senhor aceita?"

"aceito sim, mas sem o 'senhor', por favor."

"está bem, benê. pode entrar e ficar à vontade."

a casa era pequena, com paredes de alvenaria mal-acabadas, sem reboco em algumas partes, onde os tijolos aparentes denunciavam a precariedade da construção.

no cômodo que entrei havia um pequeno fogão no qual a chaleira apitava.

ao lado, uma pia de concreto com a torneira enferrujada e uma mesa improvisada com tábuas mal encaixadas, rodeada por cadeiras velhas, todas diferentes umas das outras.

aquela era a casa de jesus.

aquela era a casa do homem que servia meus pais por quase uma vida.

para onde tinha ido o dinheiro fruto do seu trabalho?

fiquei ali parado no meio da casa, sem saber o que fazer.

eu me sentia um intruso.

eu me sentia uma farsa.

me sentia podre por dentro.

naquele instante percebi que não sabia nada sobre a realidade das pessoas que me serviram a vida inteira.

eu sentia que meus pais eram relapsos, frios, soturnos...

mas ali eu me dei conta de que talvez eu fosse essa pessoa também, para várias outras que estavam ao meu entorno.

"pode sentar, menino benê", disse jesus, enquanto passava o café.

eu me sentei em uma das cadeiras e aguardei.

"já tem um tempo que não vejo você lá na fazenda", falei, sem saber o que fazer com as mãos.

"ah, você não ficou sabendo, benê?", ele se virou de frente pra mim.

"não. o que foi?"

"fui demitido, benê."

"demitido?"

minhas mãos começaram a tremer.

meu rosto estava tão quente que chegava a doer.

jesus se aproximou com uma xícara e me entregou.

quase entornei todo o café quando a peguei.

"demitido, benê", repetiu ele, se sentando de frente pra mim e segurando sua xícara.

"mas...", e eu não sabia o que dizer.

"eu já estou muito velho mesmo... não tiro a razão do patrão. meus ossos doem, não tenho mais força nos braços. acabei me tornando mais um estorvo."

"não diz isso, jesus, os animais te adoram."

"isso é, eu me dou bem com eles." jesus riu. "mas arrisco dizer que me dou melhor com os animais do que com as pessoas, e isso é um problema neste mundo."

"é." eu me sentia tão envergonhado que simplesmente não sabia o que dizer além de: "sinto muito."

"não sinta", disse ele, esticando a mão e dando um tapinha na minha perna, "ciclos se abrem e se fecham."

"certo."

eu não conseguia ficar bem.

nada do que jesus dissesse aplacaria minha dor.

como eu pude ter sido tão negligente com quem sempre esteve ali?

"mas e você? fazendo o que por aqui?", perguntou ele.

"só dando uma volta, tentando espairecer."

"entendi... tem algo te incomodando?"

sim, disse uma parte da minha mente.

mas a outra parte fechou a boca.

como eu poderia dizer tudo que eu sentia?

meus problemas não eram nada perto da realidade de jesus.

"eu me sinto perdido, jesus, em vários aspectos da minha vida", falei, porque acho que isso resumia bastante o que eu sentia.

"é normal se sentir assim, meu amigo."

"eu sinto que... não sou eu mesmo... que estou deixando outras pessoas decidirem meus sonhos, meus caminhos e... é horrível viver assim."

"posso te contar uma coisa? mas não vai rir de mim."

"nunca!"

"quando eu era novinho, um pirralho, meu sonho era ser dono de parque."

"parque?"

"isso, parque de diversões, sabe? desses com todo tipo de brinquedo. com cheiro de pipoca, de algodão-doce... os gritos das crianças nos brinquedos radicais. era meu sonho."

"é um sonho bonito. um sonho que traria muita felicidade às pessoas."

"é, eu também acho, uma pena que eu não lutei para realizá-lo..."

jesus vinha de uma família extremamente pobre.

até onde eu sabia, tinha começado a trabalhar aos oito anos de idade para ajudar em casa.

e parou de trabalhar aos setenta, na fazenda dos meus pais.

e ainda assim, mesmo com o mundo lhe virando as costas, mesmo com todas as oportunidades sendo ceifadas de sua vida, ele ainda sentia que não tinha corrido atrás do seu sonho.

meus olhos se encheram de lágrimas e senti um nó na garganta.

"mas você é jovem, benê. muito jovem. ainda tem muita força para impor ao mundo os seus sonhos, concorda?", perguntou ele, buscando meus olhos.

meu rosto estava encharcado neste ponto.

eu só abaixei a cabeça, sem saber o que dizer.

"bebe o café, rapaz, senão vai esfriar", disse ele, e então riu.

passei horas com jesus naquele dia.

só fui embora quando o sol já estava se pondo.

prometi a ele que passaria toda semana para ver como ele estava e para lhe fazer companhia.

prometi também que traria algumas frutas, mantimentos, qualquer coisa de que precisasse. era só me avisar.

prometi a mim mesmo conversar com meu pai e exigir que eles o ajudassem de uma forma mais apropriada.

eu sabia que, para os meus pais, eu era como um anti-herói.

meus melhores amigos eram um cavalo e o filho da cozinheira.

eu sabia que eles achavam isso um horror.

que eu era uma ruptura em tudo o que eles desejaram.

mas eu não me importava.

quando já estávamos nos despedindo, jesus segurou na minha mão.

ele encarou meus olhos como se quisesse ver minha alma.

"sonhos são como crianças correndo por aí, benedito. eles são vivos, livres, imprevisíveis. e você? você ainda tem pernas fortes para correr atrás deles. aproveite isso. eu daria tudo para poder correr de novo."

ficamos em silêncio por um tempo, apenas nos olhando.

mas aquele silêncio não era vazio; estava cheio de significados.

quando finalmente montei em hermes para ir embora, me senti um pouco mais leve.

"obrigado, jesus", falei.

ele apenas acenou, com um sorriso tranquilo no rosto, como se soubesse que aquela conversa ficaria comigo por muito tempo.

e ele não poderia estar mais certo.

20
HENRIQUE
PRESENTE

Nós nos embrenhamos pelo mato sem olhar para trás.

Estou tão sem fôlego pela corrida que sinto minhas costas doerem, mas Benedito não para de rir, despertando em mim a lembrança de quando éramos apenas dois garotos, provando o gosto dos lábios um do outro, achando que dominaríamos o mundo.

— Eu não acredito que você me fez fazer isso... — digo, sinalizando para ele desacelerar. — Cara, sei lá, nós somos adultos!

— Eu já queria ter feito isso há muito tempo... — Benedito olha para trás, encontrando meus olhos. — E nem adianta mentir pra mim dizendo que não se divertiu.

— Tá bem! — Ergo as duas mãos. — Culpado. Eu me diverti.

— Eu sabia. — Benedito estala a língua e volta a olhar para a frente. — Eu odeio desperdiçar comida, mas foi mais forte que eu... E certeza que a Nazaré Tedesco não se importou nem um pouco em fazer parte da nossa causa.

— *Nazaré Tedesco?* — repito, na dúvida se eu ouvi direito.

— É. É o nome da galinha.

— Você só pode estar brincando!

— Não tenho nada a ver com isso! — Benedito se vira de frente pra mim, andando de costas pela trilha como se a conhecesse de cor. — A dona das galinhas ama novelas. E ama principalmente as vilãs. Então temos Nazaré Tedesco, Carminha — Benedito vai enumerando, erguendo os dedos na contagem —, Cristina, das joias de titia... Esqueci alguém? Ah, lógico, tem a Odete Roitman.

— Não pode ser!

— É sério! — Ele para de correr, sua nuca na direção dos meus olhos. — É uma loucura.

— Espera um segundo, pelo amor de Deus!

Tiro o celular do bolso, abro o bloco de notas e começo a digitar freneticamente.

#IDEIA 134
Gay descobre que seu namorado cria galinhas de estimação batizadas com nomes de vilãs de novela e, em vez de competirem para descobrir quem foi a vilã mais escrota, a competição é por quem coloca mais ovos.

A ideia é horrível, mas o conceito de ter alguém que tenha tantas galinhas e todas elas com nomes de divas pop me agrada e muito.

— Verificando se o sinal voltou? — Benedito me pega de surpresa. Não percebi que ele estava olhando pra mim.

— Na verdade, não. — Olho de novo a tela do celular. — O sinal não voltou. Mas eu estava mesmo era anotando uma ideia.

— Uma ideia?

— É. Uma ideia idiota.

— Ideia idiota? — Benedito se vira com a testa franzida, curioso.

— Sim... — hesito, desviando o olhar. — Ideia pro futuro.

Uns meses atrás eu saí com um cara chamado Hugo. O encontro foi incrível, e meio que a gente ficou saindo por um tempo. Ele era cavalheiro, divertido, inteligente, bonito e independente; tudo o que há de melhor no mundo gay. Mas, como sempre, eu e minha incapacidade de firmar compromissos emocionais me fizeram dizer para ele que não estava pronto para *firmar compromissos emocionais*, o que é uma versão melhorada da desculpa clássica "o problema não é você, sou eu!!!".

De qualquer forma, foi ele que me deu a ideia de criar um arquivo no bloco de notas e registrar toda e qualquer ideia que surgisse para ser trabalhada no futuro, no meu show.

— Até as ruins? — Lembro de perguntar quando Hugo me contou sua ideia.

— Principalmente as ruins. Provavelmente são elas que vão se transformar em ótimas ideias no futuro. Ou, caso isso não aconteça, você vai poder olhar e pensar em como elas são ruins e dar risadas.

Hugo estava certo. E, assim, não que eu seja a pessoa mais criativa do mundo, mas me orgulho de ter passado das cem ideias ruins a serem trabalhadas no futuro.

Conto tudo isso para Benedito, por que o que mais eu poderia perder?

— Cara, que demais! — Ele sorri, e vejo um brilho nos olhos que eu não via há anos. — Eu sempre disse que você tinha talento.

— Ah, valeu. — Desvio o olhar, focando o chão. Benedito sempre foi meu principal (e único) incentivador por muito tempo. — Mas não é nada de mais, só besteira minha.

— Lógico que é alguma coisa, Henrique! — insiste ele.

— Para, Benê! Sei que você quer me animar e tal... Mas eu não sou mais criança. Minhas esperanças de ser descoberto e finalmente acontecer já passaram.

— Posso te falar uma coisa? — pergunta ele, a voz baixa e segura, e percebo que talvez eu precise mesmo ouvir essa coisa.

— Pode — respondo, quase sussurrando.

— O que você está fazendo é um dos passos mais importantes na construção de alguma coisa. Você tá dando o pontapé inicial. — Benedito fala gesticulando com suas mãos grandes, como se pudesse segurar as palavras, sentir sua textura, seu peso. — Você está fazendo algo que poucas pessoas conseguem fazer: começar. Você tem talento, sempre teve. Mas, no fundo, parecia que não sabia como dar o primeiro passo. E agora você está começando. Esse é o movimento. — Ele coloca a mão no meu ombro e aperta de leve, num gesto acolhedor. — Parabéns, mesmo!

O sorriso surge antes que eu possa conter. Aproveito a onda de calor no peito, mesmo sabendo que vai desaparecer logo. Minha mente sempre volta para a realidade: tenho 28 anos, trabalho num *call center* sem perspectiva de crescimento e nenhuma conexão que possa de fato me levar a algum lugar. E, pra completar, Benedito está prestes a se casar. Ele vai seguir a vida e não vai estar aqui para me incentivar sempre que eu precisar. Por isso esse sorriso é importante. Esse sorriso é raro.

— Valeu... — murmuro.

Meus amigos vivem dizendo que eu penso demais e falo de menos, que vivo na minha cabeça e deixo frases soltas, o que é um perigo para que o outro interprete de forma errada o que quero dizer. É como se eu me afundasse no mundo das ideias e perdesse a chance de criar algo real.

Mas me sinto envergonhado de verdade... e com medo de me abrir mais para Benedito sabendo que vou perdê-lo em algumas horas.

Perder? Que pensamento idiota. Benedito não é mais meu...

— Certo. — Benedito para no meio da trilha, justamente onde ela bifurca em duas direções. Ele encara cada um dos caminhos, até que estala o dedo, como se um lampejo de ideia surgisse em sua mente, e se vira para me olhar. — Vem comigo?

— Eu meio que estou indo, e nem sei pra onde...
— Você confia em mim?
— Não!

Benedito solta uma risada alta.

— Confia sim, que eu sei! Só vem.

Mal percebo, mas tenho um sorriso no rosto, enquanto sinto uma nostalgia inquietante me invadir.

Lembro do garoto que eu era, seguindo Benedito nas aventuras mais mágicas e inesquecíveis da minha infância. Precisávamos de muito pouco para sermos felizes. Ele nunca me viu como o "filho da empregada". Dentro da família dele, Benedito sempre dividiu tudo comigo, de uma forma que hoje entendo refletir muito mais quem ele é do que a educação que recebeu dos pais.

Meus olhos se fixam na sua nuca, nas suas costas largas, no cabelo que escapa por baixo do chapéu. Pedaços de corpo e de pele e de carne que meus dedos conheceram tão bem no passado, que minha língua decorou o gosto nos detalhes mais íntimos, mas que agora parecem pertencer à outra vida, a outro Henrique, que simplesmente não existe mais.

Como tudo pode ter mudado tanto?

Na verdade, será que mudou?

Será que o sentimento permanece o mesmo só dentro de mim?

— Foi a sua mãe. — A voz dele me tira dos meus pensamentos.
— Como?
— O jeito que consegui seu endereço. Para poder enviar o convite. Pedi pra Dulce.
— Não brinca! Minha mãe?!

Eu não acredito que ela não me contou nada! Como ela pode ter feito isso comigo?!

— É, fui até a casa dela uns meses atrás. Eu queria ter pedido desculpas por tantas coisas, mas fiquei com vergonha.
— Vergonha por quê? Minha mãe sempre adorou você.
— Por isso mesmo. — Ele respira fundo. — Eu ainda tenho pesadelos com aqueles dias.

Aqueles dias. Eu sei exatamente do que ele está falando, dos dias em que nosso céu azul virou tempestade.

— Entendi — murmuro, sem saber como reagir.

Minha língua arde, querendo dizer tudo o que está guardado.

— Podia ter mandado uma DM.

— DM? — Ele quase ri.

— Sim, uma mensagem. Pelas redes sociais.

— Um convite de casamento por DM? — Ele balança a cabeça. — Isso é uma piada!

— É... — Sorrio, chutando uma pedrinha. — Perderia o papel bonito do convite, mas...

Benedito solta uma risada baixa, mas acho que percebe o peso no que não digo. É óbvio que ele sabe que minha pergunta não tem nada a ver com a droga do papel caro de gramatura grossa e letra dourada do convite dele. Tem a ver com o motivo, a verdadeira razão de ele ter me trazido até aqui.

— Mas por quê? Por que me convidou? — Minha voz sai carregada de algo que não consigo esconder; mágoa, ansiedade, melancolia. — A gente sempre volta ao "por quê", né? — Tento suavizar com uma risada. Porque, no fundo, é a pergunta que mais preciso que ele responda.

— Acho que tenho uma resposta — sussurra Benedito, ao chegarmos ao destino final da caminhada.

A lagoa de Lagoa Verde tem um tamanho mediano, e sua cor verde esmeralda é bonita de se ver. Assim como as demais lagoas da região, ela fica cercada por mata fechada e árvores a perder de vista, podendo ser encontrada apenas por algumas trilhas de terra.

Esta, em especial, é familiar e faz parte da minha história. Da *nossa*, para ser mais exato. Foi aqui que eu e Benedito nos beijamos pela primeira vez.

Se os troncos das árvores pudessem falar, se as águas pudessem sussurrar, contariam histórias de dois meninos que vinham a cavalo sempre que queriam se amar em segredo longe dos olhos do mundo.

Benedito se senta à beira da água e se recosta em uma árvore.

— O que você tá fazendo? — pergunto, tentando entender.

— Bem, vamos lá. — Benedito ergue os braços e os posiciona atrás da própria cabeça, como um travesseiro. — Por mais que este *rapaz com quem você está saindo* — diz ele, e seu tom fica um pouquinho acima — esteja te apoiando, acho que eu tenho direito de ser o primeiro a ver o seu show.

— Que show?! — Arregalo os olhos de um jeito histérico. Estou nervoso. Tudo dentro de mim gira.

— O seu show de comédia, né?!

— Mas não tem show nenhum!!!

— Se te conheço bem, aposto que você fica ensaiando algo na frente do espelho.

— Claro que não!!!

Ensaio, sim.

— Ah, Henrique. — Benedito solta uma risada gostosa. — Eu mereço isso!

E é uma merda admitir que sim, ele merece.

Tento pensar em várias justificativas para fugir da situação, mas sei que ele não vai deixar. Vai encontrar respostas para cada argumento. Então me rendo. Eu respiro fundo, fecho os olhos e, enquanto as palavras se acumulam na mente, deixo o show começar!

21
benedito
passado

era 31 de outubro.

o ginásio estava repleto de teias de aranha, morcegos de papel e luzes frenéticas que piscavam em tons vibrantes, mergulhando o lugar em um cenário surreal, quase hipnótico.

o cheiro de pipoca e refrigerante pairava pesado no ar, misturando-se ao calor das pessoas e ao som alto que pulsava em meus ouvidos.

eu estava encostado na parede, observando a pista de dança, participando da festa à distância.

alguns colegas tinham conseguido levar uma garrafa de vodca escondida para dentro da escola e misturavam o álcool com o líquido colorido dos sucos disponíveis para beber.

eu estava no meu quarto copo.

o álcool e o açúcar se misturavam na minha língua.

estava cada vez mais difícil para mim me manter preso à realidade.

a força que eu precisava fazer para esconder quem eu era, quem eu amava e quem eu queria ser aumentava a cada dia, se tornava mais sem sentido.

eu estava me rendendo.

eu estava quase jogando a toalha.

a verdade era que estar com henrique era a única coisa que me sustentava.

nos seus lábios era onde eu encontrava forças para continuar, um dia de cada vez.

cada beijo trocado tinha sabor de esperança.

sabor de um futuro bom.

era por causa dessa promessa que eu continuava.

falando nele...

nem adiantava muito eu tentar me distrair, olhar para os lados, olhar para os meus tênis caros.

meus olhos sempre voltavam para o mesmo ponto.

henrique estava ali, bem no meio da multidão, dançando como se fosse parte da música.

movia-se com uma leveza que parecia desafiar tudo que eu conhecia.

os olhos fechados, um sorriso tranquilo nos lábios. ele parecia estar em outro mundo, livre.

e mesmo agora, no meio do caos de pensamentos que povoavam minha mente e das luzes estroboscópicas, meus olhos buscavam os dele, ansiando por aquela centelha de liberdade que ele carregava tão naturalmente.

por um instante, nossos olhares se cruzaram, e senti o chão vacilar sob meus pés.

henrique sorriu, ergueu os braços, movendo-se no ritmo da música com uma despreocupação que só ele sabia ter.

naquele momento, algo dentro de mim se quebrou – a redoma invisível de medo e expectativas que me isolava.

eu queria me libertar.

queria me sentir vivo.

meus passos começaram a avançar sem que eu me desse conta, atravessando o mar de rostos e sorrisos até eu parar diante dele.

henrique abriu os olhos, surpreso, o sorriso se alargando ao me ver.

"oi", murmurou ele, como se proferisse uma promessa.

"oi", respondi, e toquei seu rosto levemente suado, sentindo seu calor e a liberdade que exalava.

"benedito", disse ele, e recuou um pouco, os olhos atentos ao redor, cheios de uma cautela que conhecíamos bem.

era meu medo refletido ali em seus olhos, a preocupação constante que ele carregava para me proteger.

henrique sempre cuidou de mim, sempre manteve nossos sentimentos guardados no fundo do peito para me poupar das consequências.

"eu não tenho mais medo", declarei, a voz baixa, mas cheia de uma força que até eu desconhecia.

era um instante decisivo, e, no fundo, eu sabia que, a partir daquele momento, não haveria mais volta.

mas o desejo de ser verdadeiro, de sentir e existir sem amarras, era mais forte do que qualquer hesitação.

ele me olhou, quase em choque, como se estivesse redescobrindo cada traço do meu rosto.

com uma respiração profunda, coloquei uma das mãos na sua cintura, entrelacei os dedos na outra, e, desajeitados, começamos a dançar juntos.

tudo ao nosso redor sumiu.

não havia sussurros, olhares, nada além da batida de nossos corações, dos nossos passos em sintonia, do universo que existia apenas entre nós.

seu olhar continha todos os detalhes que eu queria guardar para sempre: as linhas nos cantos dos olhos, os lábios rachados e vermelhos, o cabelo bagunçado e colado na testa.

em cada traço, eu via um mar de possibilidades, e, antes que pudesse pensar duas vezes, me inclinei e o beijei, me entregando com força ao sentimento que tanto ocultei.

ouvi os sussurros ao nosso redor, como sombras que se aproximavam, mas nada disso importava.

pela primeira vez, eu não tinha medo.

amanhã o mundo poderia ser diferente, mas hoje, naquele instante, tudo o que importava era henrique.

me afastei um pouco, e, com o coração pulsando, sussurrei o que a vida toda guardei para mim:

"henrique, eu te amo."

22
HENRIQUE
PRESENTE

— Boa tarde, pessoal! Meu nome é Henrique, mas vocês podem me chamar de Rique, o chifrudo. Rique, o sofrido. Rique, o otário! — Vou nomeando, dedo a dedo, enquanto Benedito, sentado à sombra de uma árvore, já sorri com o canto dos lábios. — Podem me chamar do jeitinho que vocês preferirem, eu só estou dando as opções já conhecidas mesmo, tá bom? Se tiverem alguma ideia nova, é só soltar, aí!

Benedito está sentado no chão, as costas apoiadas no tronco de uma árvore, o chapéu repousado ao seu lado. Ele me olha com atenção, quase sem piscar. É um público de uma pessoa só, mas sinto nessa única pessoa o eco de uma multidão. Faço do espaço à nossa volta o meu palco improvisado e continuo:

— Um dia desses, comecei a namorar. O cara era um espetáculo: bom emprego, família boa, mundo todo na palma da mão. Aí vocês me perguntam: o que ele estava fazendo comigo? Nem eu sei! Mas como não sou bobo nem nada, eu já tinha dado um chá no bonitão. — Dou uma piscadela para Benedito, que ri. — Mas a questão é: vocês já repararam que quando você está namorando, todo mundo te pergunta tudo sobre o relacionamento? Como vocês se conheceram? Quem pediu quem em namoro? Como é a convivência? Quem ronca? Quem peidou primeiro na frente do outro? Uma série de perguntas bobas, né? Mas o povo quer saber! Não é assim? — Aponto para um espaço vazio na lagoa, como se uma plateia inteira estivesse sacudindo a cabeça em confirmação, em apoio. — São aqueles nossos amados amigos fofoqueiros. Não sei vocês, mas tenho um amigo que quer saber até a... circunferência dos bofes com quem eu saio.

Benedito solta uma gargalhada, e eu sigo, entrando ainda mais no personagem:

— Léo, o nome dele! Um querido! Beijo, Léo! Nosso especialista em rola. Pós-doutorando em pica. Juro, ele sempre me pergunta: e a circunferência? A grossura? Entrava macio? Era cheirosa? Ah, que horror! — Dou alguns passos, aproveitando meu palco imaginário. — Mas o ponto é: por mais que sejam fofoqueiros, meus amigos não gostam de conflitos. Depois que eu termino, no caso, cof, terminam comigo, cof... — Finjo tossir de um jeito bem tosco. — Ninguém quer mais tocar no assunto. Parece até que o moço morreu, passou dessa pra melhor. Meu amigo Léo, se pudesse, criaria até um enterro, apenas para dar uma última conferida.

Benedito ri alto, e eu finjo que estou rodeado por aplausos invisíveis.

— Já tive muitos términos, alguns piores do que outros. E alguns que foram o cúmulo. Uma vez, fiquei com um menino chamado Nelson, gente boa, super tranquilo. Só tinha um porém: o cara não gostava de beijo de língua. — Benedito me encara surpreso, e eu ganho mais confiança, sabendo que capturei sua atenção. — Só queria selinho! Beijinho de lábios. Enfim, é claro que não deu certo, né? Decidi que não ia rolar... Aí lá vai eu, um jovem gay que tenta ser maduro e terminar pessoalmente, como um adulto, mesmo que eu me sinta um jovem camponês na maior parte do tempo. Quando combinei essa conversa, me senti um político marcando reunião na ONU. Você checa a agenda, manda um *invite*... Você faz toda uma preparação mental, pensando em quais palavras usar para não machucar ninguém, como ser claro na mensagem, até porque você não quer ser o ex escroto, né? Claro que não! Eu quero ser lembrado como o ex mais legal que se separou de Nelson apenas porque eu gostava de um bom beijo de língua. Mas é isso, cheguei lá com o discurso pronto, tipo: "Acho que a gente precisa conversar...". Só que na hora H, em vez de sair isso, saiu algo como: "Então... é... pizza de calabresa ou frango com catupiry? Sim, o frango vem sem língua". Pois é. Deixei pra depois.

Benedito está curvado, rindo alto, apertando a própria barriga. Eu nem acho que essa seja a minha melhor apresentação, dentre todas que já fiz na frente do espelho. Só estou me permitindo, deixando fluir, improvisando.

— Ah, eu já tentei também aquele famoso término por mensagem, porque depois de Nelson, eu estava focado em: não quero mais drama na minha vida. Século XXI. Todo mundo é bem resolvido. Todo mundo faz terapia, eu acho. Se não faz, deveria. Mas é isso, vocês já tentaram terminar pelo WhatsApp?

Olho para a lagoa, para a mata além, imaginando várias pessoas balançando a cabeça em sinal de confirmação.

— E já terminaram com vocês por WhatsApp? É uma merda, né? É, minha senhora, é uma merda! Os males da tecnologia! — Viro para o outro lado, para onde a mata fica mais fechada, onde imagino que tenha mais pessoas me assistindo. — Pois bem. Mandei essa mensagem, todo fofo, todo lindo, todo carinhoso. Eu queria continuar amigo de Matheus, por que não? Ele ainda dava em cima do ex-namorado? Sim, e daí? Eu sou corno, mas sou pacífico. Porém, Matheus era meio egoísta com isso de não monogamia. Ele queria que eu fosse monogâmico, mas ele não! Um *desquerido*! — Dou uma risadinha, mais porque Benedito ri alto, sem se controlar. — E aí que mandei a mensagem, Matheus visualizou e não respondeu nada. Nadinha. Eu pensei: "ah, legal, ele entendeu e só quer um tempo pra digerir, né?". Fui dormir me sentindo um bom homem. Um bom gay. Um gay com inteligência emocional, que se importava com os sentimentos alheios. Porém, no dia seguinte, acordei, tomei meu cafezinho, abri o falecido Twitter pra ver as notícias do dia, e me deparei com um tuíte de Matheus que dizia o seguinte: "terminar por mensagem de texto: sinal de boy lixo sem responsabilidade afetiva saindo da sua vida". E o tuíte viralizou, tá bom pra vocês?! Mandar mensagem? Cadeia! Tuitar? Liberdade de expressão! Vê se pode.

Dou mais umas voltinhas, olhando para as árvores mais ao fundo, sentindo os olhos de Benedito me acompanhando a cada passo.

— Tá rindo, minha senhora? Não tá fácil, né? Um dos meus últimos términos... o menino se chamava João. Eu o adorava. João parecia gostar de mim também. Mas a gente meio que estava se tornando mais amigos do que namorados. E o João não ser assumido piorava toda a situação. A gente não podia se ver sempre, enfim, um caos para poder conciliar as agendas e dar uns beijinhos. Uma burocracia do cão! E aí, quando eu decidi que já não dava mais, a gente tinha combinado de jantar num restaurante. Eu fui. Sabia que João era civilizado e que a conversa seria tranquila, né? E foi. Mais ou menos. A gente se abriu, falamos dos nossos sentimentos. João reclamou que eu roncava como um urso à noite. Valeu, João, não era pra entrarmos em detalhes! Mas enfim, foi um término tranquilo. A única questão, meu povo, era que uma tiktoker com milhões de seguidores estava filmando tudo da mesa ao lado, e o João foi retirado do armário assim! Os priminhos dele, tudo de dez, 11 anos, comentando no jantar de família que o João beijava um moço bigodudo. No caso, eu. Sim, eu estava na minha semana gay de bigode. Mas só pra vocês saberem, tudo acabou bem, inclusive, João, um beijo na sua boca! Se estiver na plateia e quiser dar uma passadinha no camarim... — Faço minha melhor versão de cafajeste. — Putz, acabei de lembrar que não tenho direito a camarim! Mas se quiser fazer um banheirão, me avisa!

Mando um beijo no ar para os pássaros voando no céu azul-claro enquanto volto a ficar de frente para Benedito. A risada dele no momento é o meu som favorito em todo o mundo.

— É isso, meu povo, eu trouxe hoje um pouquinho dos meus términos mais traumatizantes. Mas é óbvio que de onde saíram esses, tem muito mais, porque como bem dizia minha mãe, ou talvez o pastor da igreja do bairro onde eu morava, onde tem gay, não tem paz! Então, se vocês saíram de um término desastroso recentemente, relaxa... É só mais um capítulo merda da sua vida. Eu sempre gosto de pensar que a minha vida é uma série. Uma série mesmo, dessas de TV. Uma de dramédia, sabe? Drama com comédia. Onde o palhaço, é claro, sou eu! Mas também sou o protagonista. Para os ficantes que saem rápido da minha vida, é porque o orçamento da minha série só abrangia uma breve aparição. Para os que ficam uns meses, estão ali apenas para aquela temporada. Para os namoros longos, que duram mais de uma temporada, bem, enquanto eles estiverem incrementando trama ao enredo, tudo certo! Mas no fim do dia, o único protagonista da série da sua vida é *você*. Se lembra disso! Meu nome é Henrique e esse foi meu show! Beijo!

Mando um beijo no ar e faço uma reverência ao público imaginário, escutando uma salva de aplausos e aclamação que existe apenas na minha mente. Quando abro os olhos, Henrique está de pé, na minha frente, batendo palmas.

— Foi incrível! — diz ele, olhos brilhando.

— Ah, nem foi. — Meu tom é casual, mas me sinto vulnerável.

— Claro que foi! Eu chorei de rir.

— Só uma coisa que eu tenho imaginado. Escrevo, anoto ideias, monto esses pedaços de histórias... — Dou de ombros, porque de repente me sinto tímido. — Mas talvez possa se tornar *algo* no futuro... Quem sabe?

Me sinto um impostor. Eu não sei se acredito que alguma dessas ideias irá se transformar em algo bom. Mas ao menos vale o exercício; faz parte da jornada.

— *Bom.* — Benedito procura meus olhos. — *Algo bom*, Rique. Você não precisa ter medo de admitir isso. Vai se tornar algo bom no futuro.

— Não é medo. É só que eu não acredito muito nisso...

— Nisso, no caso, é em você mesmo.

— É.

— Para com isso. — Ele estende a mão e toca no meu ombro. O arrepio que sempre chega quando ele encosta em mim evoca sua presença com força, desenhando linhas invisíveis pela minha coluna como pequenas ondas de eletricidade. — Você vai ser grande, Rique.

Sorrio em agradecimento, porque tenho medo do que eu possa falar. Benedito ainda mexe tanto comigo... Seus olhos, seu sorriso, sua mão... tudo me faz tremer e me derreter. Tenho vontade de fechar os olhos e só encostar minha boca na dele e deixar acontecer o que tiver que acontecer. É tão injusto que a gente nunca tenha tido uma chance real de dar certo...

— Obrigado — falo, olhando para os lados, evitando encarar sua boca a qualquer custo, repetindo mentalmente o mantra: *Benedito vai se casar. Benedito vai se casar. Nossa chance já passou, não tem mais o que fazer.*

— Eu vou virar inspiração para alguma história no seu show?

A pergunta dele me tira da inércia. Eu o encaro, surpreso.

— Nosso caso é pauta de terapia! — digo, com leveza, mas também falando a verdade. — Mas acho que talvez sim... algum caso que envolva sogros cuzões.

— Ansioso por isso!

Lentamente Benedito retira sua mão do meu ombro e dá um passo para trás, caminhando na direção da lagoa. Só então consigo respirar, soltando o ar do meu corpo.

É óbvio que ele não colocaria seu casamento com um cara bem-sucedido em risco por conta de um amor de infância que não significou nada pra ele. Benedito deve me enxergar mais como amigo, como uma lembrança boba, uma entre tantas outras, sem grande importância.

Quando percebo, ele já está sem camisa. Benedito a deixa jogada ao lado do seu chapéu.

— Benedito? — Encaro as suas costas largas.

— Oi?

— O que você tá fazendo?

— Eu tô com calor.

— Tá, mas...

E então ele desafivela o cinto, abre o zíper da calça jeans e a desce até o chão.

Engulo em seco, encarando sua cueca branca, que deixa literalmente todas as partes do seu corpo delineadas.

Benedito então tira as botas, as meias e a calça arriada. Ele quase se desequilibra, xinga alto e precisa apoiar uma das mãos no tronco de uma árvore para não cair. A cena em si seria até engraçada, se houvesse minimamente um espaço para qualquer sentimento que não fosse o mais puro desejo.

Só de cueca branca, Benedito se vira de frente pra mim. Ele parece mais que um homem, um ser, um corpo. Por alguns segundos, sob a luz do sol, parece que uma aura branca o rodeia. Parece que eu vejo sua alma. Sua essência. Seu íntimo. E é uma das coisas mais bonitas que já vi.

— Vamos entrar na água? — convida ele, com a mão estendida.

E antes que eu possa responder qualquer coisa, Benedito se joga na água verde, tal qual fez tantas vezes na nossa adolescência. Mesmo sorriso. Mesma juventude. Mesmo Benedito.

Eu vejo seu passado ali, tal qual vejo o presente, e, com uma pontada de esperança, faço um desejo ao universo para que eu veja o futuro.

23
benedito
passado

a porta se fechou atrás de mim com um estalo, e o eco atravessou a sala, preenchendo o espaço vazio.

meus pais estavam lá, parados e me olhando como se eu fosse um estranho.

eu nunca tinha visto meu pai com aquele olhar — mais frio, mais decidido, fogo e fúria.

minha mãe segurava um papel amassado, o sinal claro de que ela já estava ali há tempo demais, contendo a raiva nas próprias mãos.

"o que você pensa que está fazendo com a nossa família, benedito?", a voz do meu pai era grave, controlada, mas ameaçava explodir a qualquer momento.

ele segurava a própria ira com uma precisão assustadora, como se eu fosse um erro que ele pudesse consertar se falasse as palavras certas.

"eu... não sei do que vocês estão falando."

mesmo sabendo que a mentira era inútil, as palavras escaparam, e eu engoli em seco ao ver o rosto da minha mãe, apertando o papel como se quisesse rasgá-lo.

"não sabe?", ela deu um passo à frente, e percebi que tremia — de raiva ou de tristeza, não consegui distinguir.

"não...", sustentei a mentira.

"você beijou *aquele* garoto, benedito. você... você fez isso, e na frente da escola inteira!"

meu coração disparou, e o silêncio entre nós ficou denso, como se eu pudesse tocar a tensão no ar.

eu sabia que eles nunca entenderiam, mas ouvir aquelas palavras da boca deles ainda assim doeu bem mais do que eu esperava.

minhas pernas pareciam querer ceder, então me concentrei nelas, em mantê-las firmes.

eu tinha acabado de chegar da festa na escola, sexta à noite.

quem tinha se dado ao trabalho de ligar para os meus pais para avisar do meu beijo com henrique?

minha mãe, então, sentou-se no sofá, o rosto escondido entre as mãos.

era como se eu tivesse cometido um crime.

"quem disse?", foi a única coisa que se passou pela minha cabeça, agarrando-me a um fio de esperança de que, dependendo de quem fosse, eu poderia desacreditá-la, poderia fazer minha palavra, minha mentira, se sobrepor ao fato.

não que eu pensasse que minha mentira duraria muito, mas ao menos eu ganharia tempo.

"foi o diretor, benedito. o diretor da sua escola", minha mãe respondeu de forma seca, e me encarou quase como em desafio. "você acha que ele mentiria pra gente?"

ficou nas entrelinhas que eu sim mentiria.

"isso não é nada de mais, mãe. eu... eu gosto dele." as palavras escaparam, quase um sussurro, mas foram o suficiente para fazer meu pai explodir.

"a nossa família não se sustenta com..."

ele me olhou como se eu tivesse traído tudo o que ele representava, o dedo erguido em riste.

meu pai então respirou fundo e continuou:

"não toleramos esse tipo de comportamento, benedito. nós temos uma reputação a zelar, e você... você quer jogar tudo isso no lixo como se fosse nada", disse ele, praticamente cuspindo as palavras em mim.

"eu não fiz nada de mais. é só quem eu sou", supliquei, num fio de voz.

mas eu sabia que aquela não era a resposta que eles queriam ouvir.

meu pai começou a caminhar pela sala, de um lado para o outro, tentando lidar com a ideia de que seu filho não era quem ele havia planejado.

e eu, parado no meio daquela tempestade, percebi que não havia mais volta.

a cada passo que meu pai dava pela sala, eu sentia o chão afundar um pouco mais sob meus pés.

ele olhava para mim e depois desviava o olhar, como se eu fosse uma presença desconfortável, uma pessoa que ele não queria ali, na própria casa.

eu sempre soube que eu era o projeto deles.

mas agora eles lidavam com a realidade de que eu não era perfeito.

o projeto deles tinha fracassado.

minha mãe respirava com dificuldade, ainda escondendo o rosto nas mãos. quando ela finalmente ergueu o olhar, seus olhos estavam vermelhos, marejados.

"por quê, benedito? onde foi que eu errei com você?"

a pergunta bateu mais forte do que qualquer palavra.

"não é questão de erro, mãe. não é sobre o que você fez ou deixou de fazer. isso sou eu. é quem eu sou de verdade."

ela balançou a cabeça, como se minha explicação fosse apenas mais um delírio, algo passageiro, que talvez um dia eu abandonasse.

"mas você... sempre foi um bom filho, benedito. eu sempre pensei que você... um dia fosse se casar, nos dar netos. eu... eu não entendo."

a dor na voz dela era genuína, mas eu não podia recuar.

não dessa vez.

e a minha dor?

onde ficava o espaço para a minha voz ecoar?

"mãe, eu sei que vocês têm sonhos para mim, que queriam uma vida para mim, mas essa vida que vocês querem não é a minha. eu... eu amo o henrique. ele é quem me faz sentir eu mesmo, entende? ele... ele me faz feliz."

meu pai riu — uma risada amarga, quase sombria.

"feliz? você acha que felicidade é mais importante do que o que essa família representa? você acha que a felicidade é o suficiente para te sustentar lá fora, benedito? as pessoas vão te esmagar. você não sabe como o mundo realmente é. você acha que a vida é andar de mãos dadas por aí, sem pensar nas consequências?"

"eu sei que o mundo é difícil, pai. eu sei disso! e, mesmo assim, eu não posso mudar quem eu sou. eu não consigo", retruquei, sentindo meu rosto esquentar, minha voz tremendo.

"você não consegue ou você não *quer*?" meu pai me olhava com a mesma intensidade que eu costumava ver quando ele falava sobre integridade, sobre o valor de lutar pelos nossos sonhos.

"talvez eu não queira", as palavras saíram de dentro de mim, porque era verdade.

eu amava henrique, e sabia dizer que parte daquele sentimento era uma opção.

eu escolhi amá-lo.

eu escolhi me apaixonar por ele.

e continuaria escolhendo todos os dias.

"a gente sempre se sacrificou por você. tudo o que construímos foi pensando no seu futuro. e você nos trai assim?", suas palavras atingiram meu peito como pedras, cada sílaba uma facada de desapontamento.

o rosto do meu pai estava muito vermelho.

lembro de pensar como seria se a cabeça dele explodisse.

porém, mais vermelho ainda ficou o meu rosto depois do tapa que ele deu no lado direito do meu rosto.

respirei fundo, tentando segurar as lágrimas, mas não consegui esconder a dor em minha voz.

"pai, eu nunca pedi para vocês se sacrificarem por mim. nunca pedi nada disso. só quero... eu só quero ser eu mesmo."

minha mãe se levantou, caminhou até mim e segurou meu rosto entre as mãos, seu olhar quase suplicante.

"benedito, por favor. pense em tudo o que você vai perder. sua reputação, sua dignidade... essas coisas importam, meu filho. você não pode jogar sua vida fora por um... por um zé ninguém que não tem nem onde cair morto. o filho da empregada, benedito? eu sinceramente não ligo de você ser gay. mas para tudo tem limites."

ela afastou as mãos do meu rosto e recuou, balançando a cabeça, o rosto transfigurado em uma expressão de dor.

pisquei, tentando desfazer a neblina de lágrimas que se formava em meus olhos.

aquilo tudo não era por eu gostar de um menino?

"eu não entendo... vocês não estão com raiva por eu ser...".

"eu não ligo para essa merda, benedito", meu pai fez um gesto com a mão como se espantasse uma mosca. "mas ao menos arrume alguém com o mínimo de classe."

sinceramente, eu não sabia dizer o que era pior: as coisas que eles diziam sobre henrique ou ser rejeitado por ser quem eu era.

então eu entendi que aquilo não era um ataque à minha orientação sexual.

era uma guerra de classe.

"eu não quero ficar com outra pessoa... o henrique é importante para mim. eu não posso... eu não posso passar a vida inteira fingindo ser alguém que eu não sou só para deixar vocês felizes", reuni forças para falar.

mas eles não ouviam nada do que eu dizia.

a decisão já estava tomada.

"então talvez seja hora de você entender que suas escolhas têm consequências, benedito", disse meu pai, a voz controlada como a de quem lê um veredito. "nós fizemos de tudo para te dar uma vida digna, uma vida com valores. mas se você insiste em ignorar o que é certo, talvez não haja mais espaço para você aqui."

o chão pareceu sumir sob meus pés. as palavras dele ecoaram, cruéis, no vazio que se abria dentro de mim.

senti minha garganta secar, o peito apertar.

"vocês estão me dizendo... que se eu não for quem vocês querem, então eu não sou mais parte da família?"

minha mãe olhou para o chão, incapaz de me encarar.

meu pai não desviou o olhar.

"você vai para outra escola. outra cidade."

"como assim?", o desespero me chacoalhava por inteiro. "nós já estamos no fim do semestre."

"não importa!", meu pai puxou o papel amassado das mãos da minha mãe e jogou em cima de mim.

colégio interno.

outra cidade.

outro estado.

"não pode ser verdade", foi tudo o que consegui dizer.

meu pai franziu o rosto, mas permaneceu firme.

"isso não foi o que planejamos, benedito, mas queremos apenas o melhor para você. um dia você vai me agradecer."

eu olhei para eles, para o amor que acreditava que tinham por mim, e finalmente pude admitir que eles amavam mais a ideia do filho que queriam do que o filho que realmente tinham.

"e se eu não quiser ir?", minha voz soou mais fraca do que eu pretendia.

meu pai sorriu.

"você vai amanhã. e se você continuar mantendo contato com esse vagabundo, a dulce vai para o olho da rua, você me entendeu? você está proibido de falar com esse garoto, entendeu? nunca mais."

uma ameaça.

meu próprio pai estava me ameaçando.

olhei para a minha mãe em busca de algum apoio, algum traço de compaixão.

mas vi ali o mesmo olhar frio do meu pai.

o mesmo olhar que me lançaram quando tentei plantar a ideia de recontratarem jesus.

um olhar que atravessava a carne da gente e via no âmago apenas o que lhes era conveniente, útil.

jesus não prestava mais para o serviço, então devia ser descartado.

eu era um adolescente impulsivo demais para ser controlado, então deveria ser silenciado.

olhando de fora, parecia até que eu que tinha lhes ferido, não o contrário.

e naquele instante percebi que talvez a minha liberdade custasse mais do que eu estava pronto para pagar, mas também entendi que não havia volta.

eu nunca deixaria que eles mandassem dulce embora, porque isso afetaria toda a vida de henrique.

porém, eu teria que ir embora sem olhar para trás e deixá-lo.

"vai fazer sua mala, benedito", foi o que minha mãe me disse, como se me mandasse escovar os dentes. "e deixa seu celular aqui", ela apontou para uma mesinha de madeira perto dela.

deixei meu celular sobre a mesa.

não teria como contar a verdade para henrique.

"eu tenho uma condição", soltei, a voz fraca.

eu tinha que arriscar.

"o hermes... como eu vou ficar fora... ele só gosta de ser cuidado pelo jesus. ele precisa voltar pra fazenda. só assim eu vou ficar em paz."

forcei meus pés a se movimentarem, a se afastarem.

atrás de mim, ouvi um murmúrio abafado, talvez um protesto, mas não parei.

cada passo parecia uma despedida, um adeus.

ao sair pela porta, senti o frio do mundo lá fora se misturar com o calor das lágrimas que não conseguia mais segurar.

e, em meio à escuridão, a única coisa que me restava era a promessa de que, um dia, talvez eu pudesse viver uma história de amor com henrique.

24
HENRIQUE
PRESENTE

— Vem logo! — chama Benedito do meio da lagoa. Ele fica revezando entre nadar e deixar seu corpo boiar na água verde.

— Já vou! — minto, ainda com os pés na terra, totalmente vestido, pensando no que fazer.

É óbvio que uma parte de mim quer entrar. Desbravei essas águas tantas vezes antes que são um pedaço da minha história. Mas outra parte tem medo de entrar e de que isso seja um caminho irreversível pra mim.

Doze anos. Eu e Benedito passamos 12 anos separados. Quatro mil trezentos e oitenta dias; um intervalo imenso durante o qual ele habitou meus pensamentos quase o tempo inteiro.

Pequenos detalhes do mundo me lembravam dele, reviviam a dor de ver meu melhor amigo, o amor de toda uma vida, se transformar em um desconhecido, como se fôssemos apenas dois estranhos orbitando o mesmo planeta, sem jamais se tocar, se ver, compartilhar.

Mergulhar nas águas doces das lagoas da região onde eu nasci se tornou algo proibido para mim desde que ele me deixou. Cada gota me lembrava do gosto doce da boca de Benedito. Mergulhar de cabeça era uma punhalada, me lembrando que eu tinha perdido a melhor coisa que já me acontecera em toda vida. Uma dor sufocante demais para suportar.

E, agora, aqui estou, com essa escolha diante de mim...

Para Benedito, tudo parece mais simples, mas na minha mente um labirinto se abre, repleto de lembranças e de riscos. Sei que se eu entrar nesta lagoa, talvez eu crie uma lembrança que vai me assombrar, viver embaixo da minha cama e puxar meu pé sempre que sentir que deve reivindicar meu afeto, por talvez muitos e muitos anos mais. Tenho medo disso; do futuro, das cicatrizes que este novo contato vai deixar.

E, não, não é como se a minha vida tivesse parado completamente. Eu continuei me permitindo novas experiências, novos corpos, gostos e camas. Mas não posso negar que a lembrança de Benedito sempre esteve lá, como a chama de uma vela que fica quase invisível quando açoitada pelo vento, mas permanece.

— Henriqueeeee! — Benedito para de boiar e me encara do meio da lagoa, um sorriso leve.

— Tá, tá! — digo no impulso, sem certeza alguma do que estou prestes a fazer.

Arranco minha camisa e a deixo jogada com as roupas dele. Não é que eu me importe com o que pensam do meu corpo, mas perto de Benedito, que agora parece um modelo — largo, musculoso, grande —, me sinto menor, quase intimidado. Balanço a cabeça discretamente, como se isso pudesse jogar esses pensamentos para longe, ao mesmo tempo em que tiro o tênis, as meias e abaixo a calça. Felizmente, minha cueca não é das de ficar em casa, furada e desgastada; é simples, preta, mas digna para um mergulho ao lado do meu ex sem passar tanta vergonha.

Me viro de frente pra ele e começo a caminhar lentamente na direção da água.

— Finalmente! — Benedito solta um assobio, enquanto acompanha meu trajeto, os olhos felizes.

— Cala a boca! — ralho, afundando o pé na lama da margem. — Eu tinha esquecido como odeio pisar nessa parte.

— Foi pra cidade e ficou fresco, né? — zomba ele.

— Eu te odeio! Agora eu estou com lama até o joelho!

— Você tá muito no raso, né, bobão! Vem pro fundo que esse problema acaba. Até parece que não conhece mais as lagoas da sua casa.

Ele está certo. Dou um impulso e começo a nadar na direção do centro da lagoa, onde Benedito está, onde nossos pés não alcançam o chão e a água toca todo nosso corpo.

— Tá uma delícia, né? — Benedito flutua para perto de mim, enchendo a boca de água e jogando em mim.

— Não, tá fria! — Protesto, batendo queixo.

— Isso que dá só tomar banho quente de chuveiro! — Ele balança a cabeça em negativa, me julgando. — Vai esquecendo as coisas boas da vida.

— Pode parar de querer me dar liçãozinha de moral barata? Você mora numa fazenda! É completamente diferente! — Reviro os olhos, e jogo água em cima dele.

— Tá, parei! — Ele joga as mãos para o alto, em rendição. — Mas relaxa que seu corpo vai se acostumar com a temperatura.

Ele está certo, e por mais que eu não admita em voz alta, como eu senti falta dessa sensação...

Começo a boiar, enquanto permito sentir a água me tocar por inteiro. Em São Paulo, minha vida é entre asfalto, metrôs e concreto; não há espaço para silêncios assim. A calmaria fica para trás, um luxo distante. A gente abraça o caos, deixa a mansidão pra uma próxima.

— Ainda sabe boiar? Ou já se esqueceu também? — Benedito provoca, com um olhar incisivo.

Em vez de responder, dou impulso e flutuo. Olho para o lado e vejo que Benedito faz o mesmo; seu nariz, boca, olhos, partes da pele do seu peitoral, dos seus braços e dedos, coxa e cueca ficam à mostra, na margem da água.

Por um tempo, nós ficamos assim, em silêncio absoluto, apenas existindo no espaço presente.

Há quanto tempo não faço isso? Ou será que algum dia realmente fiz? Estar presente, sem passado, sem futuro?

— Sabe... — A voz de Benedito se impõe sobre a mansidão, quebrando o silêncio. — Eu fiquei te zoando, mas... eu pensei bastante ... e eu nunca mais entrei numa dessas lagoas desde os meus 16 anos.

Meu coração acelera. Tenho medo dos meus batimentos cardíacos criarem ondas na água que me rodeia.

— Como assim? — Mantenho os olhos fechados, a voz dele me guiando. — Você mora aqui...

— Eu sei, mas... cada lagoa, cada água desse maldito lugar me lembra você. E lembrar que te perdi sempre foi demais para suportar.

Mordo os lábios, como se eu pudesse guardar dentro de mim o turbilhão de sentimentos enterrados nos lugares mais profundos da minha alma, ao mesmo tempo em que meus olhos se enchem de lágrimas, que torço que se confundam com as gotas de água.

— Henrique...

Ouvir Benedito chamando meu nome faz um ponto da minha coluna se arrepiar, mais profundo do que a superfície da pele. Minha alma se arrepia.

Abro os olhos e encontro Benedito próximo. Seu rosto, pescoço e clavícula fora da água.

Seus olhos estão vermelhos, as lágrimas visíveis. Há tanta dor ali e eu a reconheço. Acho que é a mesma que eu sinto. Parece a dor que eu me acostumei a segurar com as mãos, a abraçar nas noites frias, a chamar de amiga. A dor da perda. A dor que fui obrigado a receber de braços abertos para que não fechasse os dedos ao redor do meu pescoço e me matasse.

— Benedito... — Tudo dentro de mim gira e é difícil encontrar minha própria voz. — Eu...

E não sei o que dizer.

Eu ainda sinto que te amo?

Eu ainda penso em você todos os dias?

Eu ainda queria tentar de novo?

Eu te aceitaria se você me quisesse?

Eu topo fugir contigo?

O que há pra dizer?

O que eu quero dizer?

— Henrique... — Benedito respira fundo. — Eu sei que você tem sentimentos conflitantes em relação a mim, e você tem total direito de se sentir assim. Eu sei que há tanto o que ainda precisa ser dito... e que você merece muitas respostas, algumas para perguntas que ainda nem existem. Mas eu preciso que você saiba de uma coisa: eu pensei em você todos os dias desde que fui embora. E eu não fui porque quis. Eu fui obrigado a ir. Por você. Pela sua mãe. Por vocês dois, as duas pessoas que eu mais amava na vida. Meus pais me ameaçaram... Se eu me recusasse a ir embora, se eu falasse com você de novo, sua mãe seria demitida. Mas eu juro que não teve um dia sequer que eu não tenha pensado em você. Só que eu estava longe. Eu me sentia envergonhado por ter te perdido desse jeito. Por causa dos meus pais. Vergonha da hipocrisia deles. Então criei essa crença idiota na minha cabeça de que eu te faria bem se ficasse longe, te permitindo voar e seguir o seu caminho sem olhar pra trás. Mas eu não consegui...

Ele perde a fala por um instante e as lágrimas são ondas banhando seu rosto bonito. Meu rosto está parecido com o dele, com a diferença que minhas lágrimas não fazem barulho; elas caem de mim no mais profundo silêncio.

— Eu não consegui, porque... — Benedito passa a mão no rosto antes de continuar: — Quando eu me vi sendo incentivado a casar pelos meus pais, apenas porque o William tem dinheiro, digo... Não me entenda errado. Eu o adoro. Nossa relação é ótima, a gente se gosta... mas... — Benedito morde o lábio, como se soubesse que a partir do momento em que continuar a falar, não terá mais volta e as palavras que povoam seus pensamentos por tanto tempo vão virar verdade. — *Falta*, sabe? Falta a paixão. Falta o amor. Falta o incondicional. Falta o que eu só encontrei em você. É isso, Henrique. *Falta você*.

Estou em choque.

Eu passei 12 anos esperando Benedito vir atrás de mim, dizer que me queria de volta, para tentarmos, para desafiarmos o mundo, para lutarmos pelo que era nosso. Eu entraria em mil batalhas por ele. Eu morreria para não sair de nenhuma batalha sem segurar a mão dele.

Mas perdemos sem lutar. Ele vai se casar. Este é um lembrete constante que me prende, me amordaça e me algema. *Ele vai se casar*.

— Me desculpa... — Benedito solta o ar com força, então joga água no rosto, misturando suas lágrimas no lago, solta o ar de novo numa única lufada, olha para o céu e depois olha pra mim. — Eu convidei você por impulso, num rompante de egoísmo. Eu não devia ter feito isso. Não sei o que te causou, mas pela sua reação no restaurante, imagino que tenha te deixado com raiva. E com razão, é claro. Mas todos os dias eu me pegava pensando: é isso que o casamento é, então? Eu faço votos e juras diante dos meus amigos, da minha família, para uma pessoa que eu gosto, tenho apreço, mas não amo, apenas para construir uma parceria? Digo, eu sei que o casamento deve ser uma *construção*. Mas não tem que ter mais? Não é possível que seja só isso, sabe? Será que isso é o normal? Eu me casar com alguém enquanto penso todos os dias em outra pessoa? Me casar com alguém enquanto me pergunto diariamente qual seriado eu e você estaríamos assistindo, ou as férias planejadas, ou o lanche que vamos pedir e sair da dieta em plena segunda-feira? Eu...

Ele suspira e abre um sorriso melancólico que me diz que está prestes a voltar a chorar.

Eu continuo com os lábios colados; sinto que se eu disser qualquer coisa, as palavras vão me segurar pelos ombros e me afogar.

Benedito me olha, procurando algo, algum sinal, mas ele só encontra minhas lágrimas silenciosas. Ele então sorri de novo.

— Me desculpa, tá? Eu fui egoísta demais. Te fazer vir pra cá apenas porque eu não superei você, nossa história. Não é justo. De verdade. Eu sei que vou te amar pra sempre, até o último dia, e eu sei que você é o amor da minha vida, mesmo que eu infelizmente não seja a pessoa certa para a sua...

Ele sibila algo, acho que a palavra "perdão", e ergue o braço, um após o outro, voltando a nadar para a margem do rio.

Fecho os olhos e tento respirar. Meu coração ainda está acelerado. Parece que toda a tristeza que senti durante todos esses anos está aqui agora, ao meu lado, ao meu redor, me abraçando, evocando sua presença, demandando seu espaço na minha vida.

Mas essa tristeza não sou eu. Ela fez parte de mim durante muito tempo, mas ela é ela. E ela precisa partir. Em algum momento eu preciso dizer adeus.

Mas talvez, olhando em perspectiva, eu tenha mantido a tristeza refém comigo porque era tudo o que eu tinha de Benedito, tudo o que me foi deixado.

Benedito já está de pé, andando para fora da lagoa quando eu chamo pelo seu nome.

Benedito.

É um nome tão bonito. Enche minha boca. Sai de dentro de mim com vibração, com luz e esperança.

Benedito se vira na minha direção e me olha, enquanto eu nado ao seu encontro.

Quando saio da água, paro na frente dele.

— Eu também sinto o mesmo... — falo, baixinho. — Eu continuo sentindo isso mesmo depois de todos esses anos.

— Eu te amo demais... — diz ele por fim, sorrindo e chorando ao mesmo tempo, quase aliviado por falar isso em voz alta, como se soltasse um peso dos ombros.

Não sei o que vai acontecer daqui a um minuto ou daqui a um dia. Mas eu sei o que vai acontecer agora, neste segundo, no exato momento em que Benedito estende a mão, me puxando para mais perto de si, e eu encontro ar nos seus lábios, como se eu não conseguisse respirar durante todos esses anos.

Talvez meu amor por Benedito seja exatamente isso. *Ar.* Ele me faz sentir vivo.

25
benedito
passado

primeiro de novembro.

o dia já tinha mudado e era madrugada quando saí de casa escondido.

fui até o estábulo onde hermes ficava, e seus olhos me encontraram em meio à penumbra.

ele estava inquieto, andando de um lado para o outro.

jesus uma vez me disse que às vezes os animais possuem uma conexão tão forte com o dono que podem sentir o que ele está sentindo

se isso fosse verdade, hermes sentia raiva, frustração e tristeza.

"oi, amigão", falei, me aproximando. "hoje você vai precisar me ajudar."

hermes me encarou como se dissesse "e desde quando não é isso o que eu faço?".

abri a porteira, montei nele e pedi silêncio, enquanto o guiava para o lado de fora.

o terreno da nossa fazenda era enorme, contornado por cercados, portões de ferro e seguranças.

mas eu fui uma criança criada ali.

e uma criança com muita imaginação e tempo para saber todos os pontos cegos que eu podia usar ao meu favor.

logo, eu e hermes estávamos na mata.

éramos só nós dois e as estrelas.

e a lua.

e a madrugada.

e a guerra que acontecia dentro de mim.

meu coração batia forte contra o peito.

eu não sabia o que fazer...

mas eu sabia que precisava fazer algo.

eu não podia ir embora e deixar henrique pensando que eu não o queria mais.

eu não podia simplesmente sumir, deixando sua imaginação criar mil possibilidades, todas dizendo que ele não era minha prioridade.

eu podia ser, sim, um adolescente de 16 anos, mas eu sabia bem o que eu sentia.

durante muito tempo, eu fui covarde.

sabia disso.

e talvez eu tenha escondido a verdade não só do mundo, mas de mim mesmo, com medo de enfrentar as consequências.

eu sabia que minha família jamais entenderia...

e hoje sei que é pelos motivos diferentes do que eu imaginava.

meus pais não ligam que eu goste de outro menino.

meus pais ligam para a condição financeira desse menino.

se henrique fosse de uma família rica, nosso amor seria visto com outros olhos.

a verdade é essa.

a desonra era eu ter me apaixonado pelo filho da cozinheira.

mas eu não me importava mais.

eu tinha atravessado uma porta que não tinha mais volta.

meus pais sabiam a verdade.

o mundo sabia a verdade.

e eu não queria esconder mais nada de ninguém.

eu queria gritar para o mundo o meu amor.

eu não desistiria do meu amor por henrique.

ele era precioso demais.

ele era meu melhor amigo.

ele era o meu amor.

eu lutaria por ele até o fim.

26
HENRIQUE
PRESENTE

A chuva cai do céu em pingos delicados, quase silenciosos, criando pequenas ondulações na superfície da lagoa.

No gramado, escondido pela sombra das árvores, embaixo do céu, da chuva e de tudo que me foi roubado, de tudo que *nos* foi roubado, eu e Benedito nos amamos.

O toque dele é o começo e o fim.

Há força, rigidez, há tanta saudade por tantos anos sem contato, nas palavras não ditas, na mágoa diluída e engolida, na dor que espreitou nossos dias mais comuns e banais, até os mais especiais e memoráveis, por tanto tempo. E, ao mesmo tempo, como se fosse possível, há fluidez, há suavidade, há a descoberta gostosa de encontrar um corpo novo, reconhecer o corpo do outro, enquanto redescobre o seu próprio. Há a renovação, o sonho acordado, a esperança de algo novo que ainda está por chegar...

Eu nunca quis tanto ser beijado, amado, devorado.

E me deixa triste não conseguir sair do meu próprio corpo e ser um espectador do que acontece nas margens de Lagoa Verde, o que é uma injustiça das leis da vida. Queria poder flutuar até atrás dos troncos de uma árvore antiga, para guardar na memória cada olhar, cada suspiro, cada movimento. É o mínimo que eu deveria receber do mundo, do universo, depois de tudo que passei. Mas a vida não funciona assim.

O que eu tenho é o rosto de Benedito em minhas mãos, o seu hálito quente invadindo minha boca toda vez que ele desce para me beijar, após recuperar o fôlego por alguns segundos. O que tenho é o peso do seu corpo, o calor da sua pele, sempre febril, encostando na minha, arrepiando meus pelos e deixando um formigamento sempre que ele se afasta um pouquinho.

Não tem mágica que faça o tempo voltar. Não tem remédio para todos os dias tristes ao qual fomos condenados. Mas quando Benedito me toca, quando nossos sexos se encostam, quando nossas almas se abraçam, se entrelaçam, é como se eu fosse de novo aquele menino apaixonado de 16 anos e ao mesmo tempo um senhor no leito da morte, morrendo com um sorriso, feliz porque viveu em vida um amor que valia se recordar.

Perco meus sentidos e me encontro na entrega.

Depois de ter Benedito, não me importa mais que horas são. Se é dia, se é noite. Se faz frio ou faz calor.

Meus sonhos, a falta de dinheiro, as contas atrasadas, minha fome, as coisas essenciais da vida, se tornam banais em momentos como esse.

As poesias mais bonitas escritas na história, as declarações de um primeiro amor que estão sendo ditas agora em algum lugar do mundo, a música mais bonita que vai fazer você chorar... Estar com Benedito é sentir tudo isso ao mesmo tempo, em uma só respiração.

Quando sinto seu membro abrindo caminho dentro de mim, me sinto entrando de pés descalços no paraíso. Sinto o mundo pulsando por baixo do seu toque. Sinto a dor e a beleza do que somos, do que fomos, do que seremos, tudo no mesmo segundo.

O toque dele é uma revolução silenciosa, um movimento que me arranca da minha própria solidão e me coloca no centro do seu amor, onde nada mais existe, só o ser e o estar.

Esse sentimento não é fácil de encontrar. Com certeza vem de outras vidas... Nós somos o passado, o presente e o futuro. Nós somos um só.

Não sei quanto tempo se passa...

Adormeci nos braços de Benedito e acordei com as pálpebras pesadas, a sensação de que adormeci e descansei por uma vida toda. O sol parece mal ter saído do lugar.

Quando meus olhos focam algo, é nos olhos dele, que estão levemente abertos, como se ele próprio estivesse preso nesse espaço entre o dormir e o despertar, e então encontro o seu sorriso.

— Benedito... — falo o nome dele devagar, sentindo a língua pesada, quase dormente dentro da minha boca.

— Oi, dorminhoco. — Ele brinca com uma mecha do meu cabelo que cai na minha bochecha.

— Dormi muito?

— Não muito. — Ele se inclina e me dá um beijinho na ponta do nariz. — Mas também não foi tão pouco.

— Nossa... A minha mãe...

Penso em dona Dulce, que talvez esteja preocupada com o meu sumiço, ainda mais com meu celular sem sinal desde o acidente. Ela é uma dessas pessoas desconfiadas que até hoje tem receio de pedir carro por aplicativo por isso sempre tento mantê-la informada de cada passo meu.

— Você tá preocupado com ela? — pergunta Benedito, fazendo movimentos circulares com seu polegar na minha bochecha.

— Na verdade tô mais preocupado porque sei que ela está preocupada comigo — digo, dando risada. — Ela não queria que eu pegasse carona de jeito nenhum. Sempre acha que vai dar errado...

— Concordo com a dona Dulce. Vai que o carro se envolve em um acidente? — debocha ele, tocando a pontinha do meu nariz.

— Pois é. Vai que eu acabo pegando carona com outro cara na estrada...

— Vai que esse cara é superatraente?

— Ou um do tipo perigo? — Dou um tapa no peitoral dele.

— Esses são os piores.

— Ou os melhores?

— Tá, vamos nessa! Não quero dona Dulce preocupada.

Reunindo forças não sei de onde, saio de cima do corpo de Benedito e estendo a mão para ajudá-lo a se levantar.

Vejo agora que a chuva fraca já se foi e o céu está abrindo de novo; o sol vai deixando manchas rosadas e arroxeadas pelo ar, se afastando do topo, se aproximando do lado de onde ele se põe. É uma visão maravilhosa. Fecho os olhos e abro algumas vezes, me forçando a guardar na memória todas as suas cores e nuances. Não quero perder esse momento nunca mais.

Não quero perder mais nada.

27
benedito
passado

quando cheguei em frente à casa de henrique, as luzes estavam todas apagadas.

fiquei sem saber o que fazer.

chamava por ele?

batia palmas?

entrava no quintal e tentava bater na janela do seu quarto?

e se ele aparecesse, o que eu faria?

diria para fugirmos?

pediria para morar na casa dele?

minhas mãos vazias eram uma demonstração clara de como me sentia.

eu era apenas um garoto, que amava outro garoto, com as mãos cheias de promessas vazias.

mas apenas isso.

e isso era muito pouco.

uma luz se acendeu.

o muro era baixo, e quem estivesse na rua podia ver o que acontecia do lado de dentro.

um momento depois, a cortina se esgueirou para o lado.

alguém me viu.

meu coração acelerou.

e então, lentamente, vi a porta da frente se abrindo e dulce apareceu.

ela estava enrolada numa camisona fina, os braços cruzados, abraçando a si própria.

"benedito?"

"oi."

"o que você tá fazendo aqui, meu filho?"

"dulce, eu vim ver o rique e..."

eu não consegui mais falar.

eu tentei dizer o que eu sentia, mas as lágrimas inundaram meu rosto, minha fala, e eu me engasguei com tudo que ricocheteava dentro de mim.

dulce finalmente se aproximou, fechou o portãozinho de ferro que nos separava e me abraçou.

acolheu minhas dores.

acolheu meus medos.

acolheu minha revolta.

ela caminhou comigo até um banco de concreto que tinha do outro lado da rua.

nos sentamos juntos, de frente para a casa dela.

de frente para onde henrique provavelmente dormia, sem ter ideia da tempestade que acontecia aqui fora, dentro de mim.

"eu sei o que aconteceu", disse ela, a voz sem emoção.

eu não sabia se ela estava com raiva de mim.

não sabia se ela apoiava eu e henrique.

mas eu sabia que, de alguma forma ou de outra, eu precisava falar.

"eu... eu gosto do henrique. gosto mesmo, Dulce, de verdade. não como amigo. eu estou apaixonado por ele", falei, torcendo para que isso fosse o suficiente.

mas cada dia que passava, cada dia que eu envelhecia um pouco mais, eu percebia que nada disso era o suficiente.

o amor não era o suficiente.

e isso estava acabando comigo.

"meu querido", dulce pegou a minha mão, "você não acha que está confundindo as coisas?"

a pergunta dela foi como enfiar um pouco mais no meu peito a faca que meus pais já tinham cravado horas atrás.

"não... não acho que eu esteja confundindo nada..."

"vocês são melhores amigos."

"somos."

"e nessa idade é normal a gente sentir coisas demais, coisas que a gente não entende."

"não é isso, dulce. eu sou o melhor amigo do rique, mas eu sinto mais... o henrique me faz sentir coisas que eu nunca senti antes, e eu... eu só queria que você entendesse."

dulce balançou a cabeça, como se buscando compreender cada palavra que eu dizia.

o silêncio da madrugada era ainda mais frio que o próprio clima que nos cercava.

dulce suspirou.

recolheu a mão que estava pousada sobre a minha.

"vocês são dois meninos, benedito. ainda estão crescendo, não sabem o que querem da vida. isso é... pode parecer muito importante agora, mas vai passar."

senti as lágrimas chegando aos meus olhos.

eu me sentia um grande perdedor.

um derrotado.

a dulce precisava entender o que eu sentia...

"não, dulce, não vai passar... eu sei o que eu estou sentindo."

"certo."

"e o henrique... ele me entende, me faz querer ser uma pessoa melhor. e eu sei que ele sente o mesmo, eu sei... se você conversar com ele e..."

dulce suspirou alto.

quando me virei para encará-la, percebi que ela estava chorando também.

"o diretor me ligou também", foi tudo o que ela disse.

nosso beijo no salão da escola.

minha impulsividade.

meus desejos.

tudo agora era um borrão.

um grande erro.

eu tinha decretado nosso fim ao tentar simplesmente ser e sentir.

"ele...", dulce respirou fundo. "ele ameaçou a mim e ao rique. ele pode perder a bolsa dele caso algo assim ocorra de novo."

"quê? mas ele conseguiu a bolsa por mérito próprio..."

"sim, eu sei..."

"ele não pode fazer isso!"

"não pode?", dulce abriu um sorriso aflito.

não pode, eu quis falar, mas a frase não saiu, ficou presa em mim.

"benedito, você faz parte desse mundo." ela me olhou e parecia que me enxergava nu. "você sabe como as pessoas poderosas são. elas que decidem tudo, como o mundo funciona, quem pode fazer parte ou não de determinados espaços."

odiei a forma como ela me incluiu como "parte desse mundo".

eu não era assim.

eu era diferente dos meus pais.

eu era diferente de todas essas pessoas que me cercavam.

"eu não vou contar nada pro rique", continuou dulce. "conheço ele muito bem. sei que a possibilidade de ele querer se rebelar contra esse colégio é imensa. mas eu preciso que você entenda que essa é a única chance do meu filho. não tenho como pagar um bom colégio. simplesmente não tenho como! e ele não pode perder essa oportunidade de jeito nenhum."

"mas eu não quero que ele perca nada…"

"então você precisa se afastar."

a frase dela foi como um tapa.

eu fiquei apenas olhando para o chão.

para algum ponto no chão de asfalto.

como se ali eu pudesse encontrar alguma palavra mágica que me fizesse voltar no tempo.

neste ponto, eu só queria voltar para horas atrás.

voltar para antes do beijo.

voltar para antes da primeira gota de álcool ter entrado no meu corpo.

eu não queria que nada disso tivesse acontecido.

minhas lágrimas não conseguiam parar de rolar.

meus pés não tocavam mais o chão.

o ar não entrava mais no meu corpo.

tudo era quebrado dentro de mim.

"vocês sempre foram assim, se olhavam, se procuravam, quase como se precisassem estar perto um do outro o tempo todo… e isso desde que vocês eram dois moleques correndo pelo gramado… dois meninos com inocência, sem maldade alguma. eu sempre percebi, mas…", dulce suspira.

o mas.

há sempre um "mas".

"mas o mundo real não é assim, meu filho. eu poderia até abrir a porta da minha casa para vocês ficarem juntos, benê, mas a verdade é que seus pais nunca vão olhar para o meu rique, para o meu filho, como um igual. eles vão tolerar, no máximo, e até isso acho que seria difícil. você sabe... e eu não toleraria ver meu filho sendo maltratado apenas porque não temos dinheiro... apenas porque ele não teve disponível os mesmos privilégios, as mesmas oportunidades que você teve, por exemplo. sei que você entende isso, não entende?"

 eu apenas assenti, minhas lágrimas caindo pesadas.
 lógico que eu entendia.
 lógico que eu sabia sobre o que ela estava falando.
 eu me sentia tão envergonhado.
 eu não queria mais ser quem eu era.
 "você o ama muito, né?", dulce sorriu de forma triste.
 "sim... muito."
 "eu entendo...", ela bateu no meu ombro, como se me consolasse, "e sei que vai doer, e sinto muito por isso. sinto de verdade. mas meu filho nunca vai ter vez ao seu lado, benê. não enquanto vocês são jovens e não enquanto você depender exclusivamente dos seus pais. me dói dizer isso, mas o melhor pro henrique é que..."
 e ela não completa a frase.
 nem precisa mais completar.
 o melhor é que a gente se afaste.
 o melhor é que não fiquemos juntos.
 "eu vou embora", digo.
 quase sinto o alívio no corpo de dulce.
 "meus pais vão me colocar em um colégio interno, nem sei onde, mas eu vou embora amanhã..."
 "benedito, eu sinto muito..."
 "foi a condição deles para não forçarem o rique a perder a bolsa e te demitirem", confesso.
 dulce fica de boca aberta, chocada.
 mas quase um minuto depois, ela assente, como se finalmente se desse conta de que essa atitude era o caminho mais provável a ser tomado pelos meus pais.
 "e mesmo depois disso tudo você veio falar com o henrique... mas falar o quê?", perguntou ela.
 "eu não sei. eu só queria abraçar ele."
 "entendi."
 "o rique já está dormindo, né?"

"sim."

"certo."

e ficamos calados de novo.

dulce protegeria o filho a todo custo.

e eu quero protegê-lo também.

mas me rasga o peito ter que fazer isso em cima de uma atitude que não quero tomar, mas que sou obrigado a ter.

finalmente me dou conta de que o nosso beijo no baile, nossa noite incrível juntos, foi nosso fim.

eu disse que o amava, mas queria ter dito mais.

se eu soubesse que seria a última vez, teria dito mais.

"eu não vou contar nada disso pro rique", disse dulce. "sobre seus pais, sobre sua partida..."

eu assenti.

"é melhor. ele se revoltaria", falei.

"sim."

"e você não pode perder esse emprego."

"é, não posso. e quando ele te procurar..."

"eu vou ter outro número de celular."

"e redes sociais?"

"vou apagar todas."

"você nunca pode falar a verdade pra ele, benê. pro bem dele."

"eu sei."

"obrigada, filho."

o único som que consigo escutar é o do meu coração martelando contra o peito.

dói saber que ir embora é a única forma de salvar a pessoa que mais amo.

"eu vou embora...", falo baixinho, quase um sussurro.

dulce assente.

mas eu não me levanto.

ela também não se move.

somos duas estátuas petrificadas pelo horror do mundo.

e o pior é que sinto que há tanta coisa que quero dizer.

há tanto que eu *preciso* dizer.

queria falar que eu gostaria de ter sido mais forte, de ter sido capaz de mostrar para ela que seu filho poderia ser feliz comigo, e que eu poderia ser digno dele...

mas pra quê?

agora sei que não consegui.

e o último presente que posso dar a ele — e a dulce, que foi tão generosa e querida comigo por tantos anos — é a minha partida, a minha ausência.

para que henrique tenha espaço de ser feliz sem a sombra das minhas fraquezas, sem a dor que o meu medo e a minha covardia causaram.

eu queria lutar mais.

queria enfrentar essa guerra.

mas não consegui...

fui fraco.

queria pedir a dulce para cuidar dele, para ajudá-lo a ser feliz, abraçá-lo por mim quando ele estiver triste.

e queria dizer que espero, do fundo do coração, que ele encontre alguém que o ame com a coragem que eu não tive.

alguém que não tenha que viver dividido entre o amor e o medo.

porque ele é precioso demais.

ele é incrível demais.

ele transborda demais.

mas não consegui dizer nada.

as palavras voltaram para dentro de mim.

"adeus", falei.

"adeus", respondeu ela.

nós dois nos levantamos, nos abraçamos e então vamos para direções opostas.

vou até hermes e encosto a cabeça na dele.

até meu amigo parece chorar.

sob a luz da lua, monto nele e volto para casa.

quem sabe em outra vida eu e henrique poderíamos dar certo, pensei.

em outra vida.

não nessa.

28
HENRIQUE
PRESENTE

A caminhada até o carro, ainda estacionado perto do restaurante da dona Joana, é rápida e silenciosa. Caminhamos apenas trocando olhares, sorrisos e eventualmente encostando mãos e braços, como se ainda fôssemos dois adolescentes descobrindo que o mundo fica mais bonito nos braços um do outro.

Quando entro no carro, sou recebido pelo ar quente e a sensação de conforto. Mas ao contrário de mim, Benedito se senta e fica olhando para as próprias mãos e para o volante por um momento que se estende no silêncio e se prende no desconforto.

Não quero ser invasivo e perguntar o que há de errado, porém também não consigo fingir que não estou vendo nada. De alguma forma, fico com a sensação de que isso tudo que vivemos, toda a nossa felicidade, tem prazo de validade.

O que será que aconteceu?, não consigo desviar da imensidão de possibilidades.

Ao sair dos próprios pensamentos, Benedito diz apenas "preparado?" e, sem esperar por resposta, liga o rádio e dá partida no carro.

A música calma, a vista bucólica, o céu escurecendo aos poucos. Tenho bastante tempo para pensar em tudo que talvez eu não devesse pensar, mas é inevitável.

Eu sou uma pessoa que vive muito na própria cabeça. Parte considerável do tempo que tenho nesse mundo transcorre num lugar que é só meu. E é por isso que logo toda a magia do toque, do que aconteceu, começa a se desmanchar dentro de mim, como um castelo de areia sendo levado grão a grão pela brisa do mar.

Benedito se arrependeu.
Se arrependeu da carona.
Se arrependeu do que disse.
Se arrependeu do toque.
Se arrependeu de mim.
Isso é óbvio.
Como eu pude ser tão idiota?
Ele vai se casar! E vai se casar com alguém que não sou eu. A verdade é que se Benedito tivesse tanta certeza do que sente por mim, ele teria me procurado, certo? Teria mandando uma mensagem. Ido de avião até São Paulo. Me beijado no aeroporto. Me pedido pra voltar. Me pedido para recebê-lo na minha casa. Feito planos. Sonhado. Me convidado para sonhar junto.
Se Benedito me quisesse de verdade, ele teria feito acontecer.
O acidente e nosso encontro foram só isso, um acidente, um acaso, uma falha na matrix. E talvez ele esteja arrependido de cada decisão que tomou desde que nossos caminhos se cruzaram nesta manhã.
Encosto o rosto no vidro do carro e fecho os olhos. Não quero chorar. Não quero perder o controle aqui e agora. Eu preciso ser adulto. Eu preciso lidar com a situação com a maturidade que ela exige. Mas...
Não tem "mas". Eu estou errado também! Eu sabia que ele era comprometido e mesmo assim segurei na sua mão e me permitir viver coisas que eu não deveria ter me permitido.
Que merda...
— Henrique, Henrique... — fala Benedito, chamando a minha atenção — Você sempre teve esse jeitinho de se fechar dentro de si por um tempo, né? Desde criança. E eu aprendi a me acostumar com isso... de certo ponto, até gostar. O silêncio entre nós dois nunca foi algo que me incomodava. Mas às vezes ele me... intriga? Acho que sim.
Viro o rosto para olhá-lo, e ele tira os olhos da estrada vazia por um tempo bem curto, apenas para sustentar o meu olhar.
— Eu queria saber o que se passa na sua cabeça. — É quase uma súplica, um pedido para que eu derrame no seu colo os meus pensamentos.
— Não sei de verdade se você iria querer saber. — Dou um sorriso fraco, de lábios fechados.
— Por quê?
— Porque é... difícil. Viver na minha cabeça. E às vezes é como se todos os meus pensamentos estivessem em guerra.

— Isso está acontecendo agora?
— Está.
— Sinto muito. Tem algo que eu possa fazer?
Tem.
Tem!
TEM!!!!!!
Meu cérebro grita com todas as forças.
Me diz que não vai se casar.
Me diz que vai enfrentar a porra da sua família rica pra ficar comigo.
Me pede pra ficar.
— Não. — Passo a mão no rosto, minha voz fraca, embargada pelo choro que eu luto para engolir. — Está tudo bem. Logo isso vai passar.

Ele me olha profundamente, como se na iminência de dizer algo, mas por fim apenas se resguarda, faz que sim uma, duas vezes, e volta a se concentrar na estrada à nossa frente.

Estamos quase chegando em Oito Lagoas. Logo nosso encontro terá ficado para trás. Logo o que aconteceu hoje será só mais um capítulo na longa lista de páginas do porquê não demos certo e do porquê não sou eu subindo ao altar para me casar com ele, se ele for se casar em um altar mesmo. Talvez não. Mas, enfim, foda-se.

#IDEIA 135
Gay transa com seu ex, se ilude e acha que eles vão reatar o namoro, mas descobre no final que o ex só queria sexo e fica se sentindo como "comida de mãe" — às vezes você nem tá com fome, mas é tudo tão familiar que você se farta sempre que possível.

Anoto a ideia e forço um sorriso, só que, no fundo mesmo, eu quero chorar.

Chegamos na frente da casa da minha mãe ao mesmo tempo em que o sol desaparece por completo no horizonte, deixando o céu numa escuridão silenciosa e sem estrelas. A rua ao redor está deserta, apenas o vento ocasional assobia entre as árvores, ecoando na noite.

— Chegamos. — Abraço meu corpo, ainda sentado.
— É isso, então. — Benedito suspira ao desligar o carro, mas nenhum de nós se move.

Nós dois então voltamos para o espaço do silêncio; ele com o olhar fixo nas mãos, eu olhando para a frente, tentando prolongar esses últimos segundos.

Me custa aceitar que nossa jornada acabou. Que chegamos ao ponto final da nossa história.

Talvez, imagino eu, o destino tenha armado essa grande coincidência do acidente só para termos esse último momento, uma despedida apropriada ao nosso amor da juventude. Talvez a ideia fosse eu ser apenas isso, a despedida de solteiro de Benedito. Talvez, se eu fosse uma pessoa equilibrada, eu estivesse mandando mensagem no grupo dos meus amigos nesse exato momento só para dizer como foi gostoso ter ficado com o meu ex. Talvez eu devesse aceitar isso como um último capítulo, como quem fecha um livro sabendo que ele pertence ao passado.

Mas eu não sou assim.

Algo dentro de mim se recusa a aceitar.

Ter encontrado Benedito me encheu de esperança, uma falsa esperança, de que talvez a gente pudesse retomar nossa caminhada do exato ponto em que ela fora interrompida. Eu não sei se sou muito ingênuo ou um completo idiota por pensar assim, mas foi isso que senti.

Lanço um olhar em direção à casa. As luzes estão apagadas, o que me tranquiliza um pouco. Mamãe deve ter saído e talvez nem tenha percebido o meu atraso.

— Bem, Benedito... — Encaro seu rosto, porque em algum momento a corda precisa ser cortada. — Muito obrigado pela carona.

— Imagina! — Ele se vira de lado para ficar de frente pra mim também. — Desculpa e obrigado.

— Desculpa e obrigado — repito no automático — É uma combinação bem estranha de se dizer. — Dou um click no botão do cinto, me libertando. — Pelo que exatamente você está se desculpando e agradecendo?

Benedito dá um sorriso fraco.

— Bem. — Ele leva um dos braços à nuca, onde pressiona um ponto sobre a pele. — É como eu me sinto. Como se devesse agradecer e me desculpar o tempo todo, não só pelo dia de hoje, mas por *tudo*.

Eu entendo o que ele quer dizer. E sei como é complicado sentir essa dualidade de sentimentos.

— De uma forma estranha, faz todo o sentido. — É tudo o que digo, abrindo a porta e saindo do carro.

O vento frio da noite me recebe e sinto a tensão no ar ao redor. Benedito sai do carro e, de forma mecânica, vai até o porta-malas e pega minha mala.

Todos os seus movimentos são robóticos e calculados. Acho que ele já saiu muito do roteiro por um dia.

Quando ele me entrega a mala, eu agradeço com um aceno, e fico sem saber o que fazer com os meus braços, me perguntando como chegamos a isso. Quero dizer, a gente fez amor há pouco tempo. Como de repente me sinto tão solitário?

A voz dele quebra o silêncio:

— Eu fiz alguma coisa errada?

A pergunta dele me pega de surpresa.

— Como assim? — O encaro com uma expressão confusa, apenas para ganhar tempo para pensar.

Estava tudo bem entre a gente, fui eu que abri uma nova distância. Mas será que é tão difícil assim entender o que eu penso, o que eu quero? Eu realmente preciso dizer em voz alta?

— Só... desde que a gente saiu da lagoa, parece que você se fechou em algum lugar onde não consigo te alcançar.

Um casulo. Talvez eu seja isso. Talvez ele tenha me lido da forma mais correta possível. Eu estou na porra de um casulo há anos, desde que eu perdi as esperanças e a fé. Eu estou há anos esperando meu momento de renascer, criar asas e voar.

— Eu sei... — murmuro, com um esforço enorme para manter o controle. — Eu entendo o que você quer dizer. E sinto muito por eu ser assim, por parecer... fechado. É algo que estou tentando lidar. Mas você se fechou primeiro.

— *Eu* me fechei?

— Sim... você se fechou e eu me fechei, e, bem, agora estamos nessa confusão.

— Tá. Eu concordo. É difícil. Juro que é.

— Eu imagino. — Solto um sorriso amargo. É difícil porque você é um homem comprometido e eu não.

— É que... Eu sei que a gente tem um passado inteiro para conversar, para entender, mas sinto que algo aconteceu agora, sabe? E eu queria entender se foi algo que eu fiz que desandou tudo, sei lá. — Ele acena com a cabeça, como se quisesse respeitar meu espaço, mas a dor é visível em sua expressão. Mesmo sem palavras, ele consegue transmitir tudo o que sente, como se me implorasse por alguma orientação.

Eu faço que sim, tentando elaborar melhor, tentando encontrar um jeito mais correto de expressar a sensação de ter uma faca enfiada no meu peito que parece afundar cada vez que eu respiro, mas não consigo.

— Não sei o que dizer. — É tudo o que consigo dar no momento. Mais dúvidas, mais confusão.

— É que... — Benedito solta o ar do corpo. — Nós não temos muito tempo. Essa é a fagulha final para eu dizer o que realmente penso.

— Sim, porque você vai se casar com alguém que não ama só por causa dos seus pais em vez de fazer o que realmente quer.

Meu tom é seco, é rude, é febril. As palavras saem de mim quase como um grito sufocado, algo que me rasga por dentro e, ao mesmo tempo, o fere. Se eu sinto que tenho uma faca afundada no peito, o que estou fazendo agora é tirando-a de mim e enfiando no peito dele.

Benedito abre a boca, mas não sai nada. Ele tenta responder, mas é como se as palavras estivessem presas.

Seu olhar se torna opaco, e percebo que estou pedindo algo impossível. Quase sinto culpa por colocar essa dúvida em seu colo, mas não consigo ignorar o peso desse momento. É quase como se ele me implorasse por um caminho, mas eu não vou fazer isso.

Até porque, qual outro além do óbvio eu poderia indicar? A resposta está aqui, na nossa frente. Eu quero que ele desista do casamento, mas ele não vai fazer isso. E, sendo assim, nosso destino está selado: não há a mais remota possibilidade de eu aceitar continuar me encontrando com ele ao mesmo tempo em que se torna um homem casado. O que aconteceu hoje foi quase uma entrega do Henrique de 16 anos. Um ponto final para a parte da minha história que sempre ficou incompleta.

Benedito tenta sorrir, mas seus olhos estão marejados, e, por um breve segundo, vejo a fragilidade do homem que um dia foi o meu melhor amigo, meu amor e meu porto seguro.

Ele parece querer dizer algo.

Dizer mais do que disse.

Mas nós somos assim, né? Somos assim até o fim.

Aprendemos a guardar o que sentimos porque nossa história sempre esteve condenada ao silêncio.

— Boa noite — falo, engolindo a vontade de chorar.

Benedito faz que sim, como se aquela não fosse nossa despedida, como se tivesse algo a mais por vir.

Mas não tenho mais como esperar por uma resposta dele.

Enquanto me afasto, percebo que ali, naquela rua deserta e fria, somos dois homens carregando feridas que talvez nunca cicatrizem.

29
benedito
passado

dois anos e alguns meses depois de ter ido embora de oito lagoas, muita coisa tinha mudado.

quando cheguei de novo em casa com minhas malas e o diploma do ensino médio na mochila, eu quase não reconhecia mais o lugar que aprendi, de alguma forma, a chamar de lar.

um motorista tinha ido me buscar e meus pais me esperavam em casa.

assim que saí do carro, fui recebido por abraços e palavras de orgulho.

"estou tão feliz que você esteja de volta", disse minha mãe, segurando a minha mão.

"por mais que seja por pouco tempo, já que o mocinho passou direto pra faculdade", completou meu pai.

é, isso tinha acontecido.

sem esforço algum, passei para uma faculdade de agronomia, o que mais se encaixava com a vivência na fazenda.

meu sonho de trabalhar com filmes, com arte, ficou enterrado junto com o benedito que um dia eu fui.

"por um bem maior", eu repetia para mim mesmo, diversas vezes, sempre que sentia que estava a um fio de cair do sonho encantado que fora sonhado para mim, não por mim.

a faculdade começaria no primeiro semestre do ano seguinte, então eu teria as festas de fim de ano e mais o mês de janeiro para me organizar.

aceitei sem questionar a herança que me fora prometida.

a fazenda.

cuidar dos negócios da família.

manter o legado que meus pais construíram com tanto esforço.

mesmo que para isso eu tivesse que matar a possibilidade de deixar o meu próprio legado.

após deixar minhas malas no que um dia fora meu quarto, e que eu não reconhecia mais, fui para o quintal.

era um dia quente de natal.

havia luzinhas pisca-pisca por toda a casa.

parecia quase um lar.

quente, aconchegante, terno.

fui para o quintal em silêncio em busca do meu amigo.

hermes ficou.

tinha que ficar.

não tinha outro jeito.

mas quando cheguei até o estábulo, havia ali um homem que eu nunca tinha visto na vida.

era jovem, expressão séria, uniforme alinhado.

ele dava banho em um cavalo da coleção do meu pai.

"oi." falei.

"bom dia, senhor benedito."

"não precisa do senhor."

"certo."

"quem é você?"

"meu nome é otávio. eu fui contratado recentemente para cuidar dos animais."

"você veio para auxiliar o jesus?"

"jesus?" otávio me olhou confuso.

"é o senhor que cuidava dos animais quando eu fui embora."

"ah, o senhorzinho... bem, até onde sei, ele faleceu."

o baque da notícia me acertou em cheio.

jesus, meu amigo, tinha morrido.

e eu não fazia a menor ideia.

mal tive a chance de estar no seu velório.

provavelmente a informação me foi poupada por um "bem maior", como meu pai costumava dizer.

senti minhas pernas fraquejarem e me segurei na ripa de madeira do estábulo para tentar lembrar o meu corpo de respirar.

uma farpa entrou na palma da minha mão.

afundei ainda mais minha mão contra a madeira.
eu queria que doesse
queria que ardesse.
queria sentir rasgar a minha pele.
"achei que o senhor soubesse", disse otávio, os olhos arregalados, como se fosse culpa dele que eu estivesse recebendo a informação naquele momento, "sinto muito."
"tudo bem. você sabe quando foi isso?"
"tem mais de um ano."
"entendi."
olhei para os cavalos no estábulo.
tudo o que eu precisava naquele momento era de hermes, meu amigo.
hermes e a nossa liberdade.
precisava montar nele, e então rasgar as matas de oito lagoas.
precisava sentir o ar contra o meu rosto.
precisava sentir meus pés, e os seus cascos, contra o chão.
"e hermes?", perguntei.
"hermes?"
"meu cavalo... branco..."
entrei no estábulo e comecei a procurar.
ele precisava estar aqui, em algum lugar.
mas não estava.
nenhum dos cavalos era hermes.
o meu hermes.
olhei para otávio, que me encarava como se visse um fantasma.
ele abriu a boca e depois a fechou, mas por fim a abriu de novo, olhando para o chão.
"hermes se foi... ele teve insuficiência cardíaca e..."
a boca dele continuava a se mover.
mas meu cérebro não absorvia mais nada.
jesus morreu.
hermes morreu.
e simplesmente ninguém me disse *nada*.
eu fui o filho perfeito.
fui embora para um colégio rigoroso.
segui as regras.
abri mão de mim, de henrique, do que eu sentia...

abri mão de tudo isso e para quê?

eu só perdi nessa vida.

parecia que minha jornada neste mundo estava destinada a isso: perder e perder, repetidas vezes.

um pensamento me ocorreu.

mesmo com lágrimas nos olhos, corri até a cozinha principal.

quando cheguei lá, havia uma equipe de três moças entre fogões, panelas e temperos.

nenhuma delas era dulce.

senti como se mãos invisíveis apertassem meu pescoço.

senti como se o ar não conseguisse mais passear pelo meu corpo.

eu tinha sido enganado pelos meus pais.

eu tinha sido *traído*.

corri para o cômodo que um dia foi o meu quarto, meu refúgio, mas que agora não passava de um cômodo sem vida.

o benedito que pertencera ali, àquele espaço, não existia mais.

ele tinha ido embora para sempre.

assim que abri a porta, algo me surpreendeu.

minha mãe estava sentada na minha cama, segurando uma camisa vermelha flanelada, típica de natal.

ela passava a mão pelo tecido, distraidamente.

"ah, oi" ela endireitou a postura, "nem vi você chegar, filho."

"o hermes... jesus..."

minha mãe arregala os olhos, como se pega de surpresa, e então solta o ar do corpo de forma lenta.

"é, filho, muitas coisas aconteceram desde que você se foi." ela passou a mão no espaço da minha cama livre, ao seu lado, "senta aqui, vamos conversar?"

"eu não quero conversar", falei, minha voz tremendo, meu rosto se transformando em dois rios.

"eu sei que você queria ter estado aqui nesses momentos..."

"vocês nem me avisaram!", acusei.

"eu sei. foi uma escolha difícil que eu e seu pai tomamos, mas foi tudo pensando em..."

"me proteger", interrompi, porque conhecia aquele discurso de trás para frente.

"é, benedito." minha mãe sorriu, de uma forma quase triste. "infelizmente a gente erra mais do que acerta quando tenta proteger quem a gente ama."

"vocês demitiram a dulce também?"

"não, benedito. não demitimos."

"e onde ela está?"

"ela pediu demissão, filho."

"é mentira!"

"não, não é. seu pai honrou o combinado de vocês."

"mas então…" nesse momento, sentei ao lado da minha mãe, porque minhas pernas pareciam fracas.

nada fazia sentido.

"dulce foi trabalhar na casa de outra família", minha mãe voltou a falar, e não havia sinais de mentira ali, "por escolha própria."

eu apenas assenti.

não tinha como contestar nada do que estava sendo dito.

e também cheguei à conclusão de que, depois de tudo, não tinha motivos para minha mãe mentir para mim.

rogéria passou a mão nos cabelos.

depois as deixou pousadas sobre o colo.

ela mexeu em um ou dois anéis dourados na mão esquerda.

minha mãe era uma mulher muito bonita.

ela sempre apreciou a beleza.

ela sempre quis estar rodeada de beleza.

por um longo momento ficamos os dois quietos, apenas respirando, sentados lado a lado, até que ela quebrou o silêncio:

"você ainda pensa naquele menino… o henrique?"

a pergunta me pegou desprevenido, completamente desarmado.

fiquei um tempo quieto, sem saber se respondia a verdade ou mentia.

mas no fim cheguei à conclusão de que eu não tinha mais nada a perder.

"penso…", foi só o que eu disse.

Mas, dentro de mim, completei em silêncio: "pensei nele todos os dias. e não teve um dia sequer que eu não tenha sentido que ele foi arrancado de mim."

"entendo… e sinto muito por isso."

"sente mesmo, mãe?", perguntei com raiva, venenoso, ácido, porque eu não acreditava nisso.

"sinto, benê. de verdade. eu gostava do rique. ele não dava trabalho. era engraçado. com ele por perto, você parecia ganhar outra vida. um brilho diferente. seu riso era fácil. você ficava mais ativo, mais esperto. parecia que ele despertava o melhor de você. eu até sentia um pouco de inveja, para ser sincera. ele acessava um espaço seu que ninguém mais conseguia."

nada naquele discurso fazia sentido.

as palavras da minha mãe me acolheram e me chacoalharam ao mesmo tempo.

se ela tinha visto tudo isso, por que me deixou ir embora?

por que me *obrigou* a ir embora?

"sei que é difícil de entender agora... quando se é jovem, cheio de expectativas e dúvidas na cabeça, vivendo com poucas certezas. mas eu e o seu pai sempre pensamos no seu bem-estar, no seu futuro. eu não me arrependo de nada porque sei que estudar, se formar, era o que você devia fazer agora. era minha função como mãe não deixar que nada atrapalhasse isso..."

eu não respondi nada.

me mantive impassível dentro da minha muralha de dor e confusão.

minha mãe aproximou o rosto do meu e enxugou minhas lágrimas com as costas da mão magra.

depois plantou um beijo na minha face.

"o rique se mudou de oito lagoas. foi para são paulo, talvez tentar ganhar a vida. sei que você vai culpar eu e o seu pai para sempre, mas eu vou te dizer algo do fundo do meu coração: se for pra ser, vocês vão se reencontrar. quando forem adultos. maduros. com a vida estabilizada. com as escolhas certas tendo sido feitas no passado. e se for pra ser mesmo, vocês vão ser a escolha certa um do outro no futuro."

ela ficou de pé, segurou minha mão e a acariciou de leve.

"acho que vai ser difícil você me perdoar, perdoar o seu pai, mas espero que um dia, quem sabe, você possa ao menos nos *entender*."

sem nenhuma palavra a mais, ela finalmente se virou e me deixou sozinho.

com meu luto.

com minha dor.

com minhas reflexões.

só então reparei que em cima da minha cômoda havia um aparelho celular novo.

um presente de natal.

a permissão para que eu voltasse a me comunicar com o mundo.

eu peguei o aparelho e de forma automática digitei os nove dígitos que formavam o número de henrique.

quis apertar o botão da chamada, mas algo me travou.

eu tinha bagunçado a vida dele por tanto tempo...
e agora ele estava indo para outro lugar, para outro estado...
henrique merecia a chance de tentar.
a chance de ser, sem o peso que eu representava nos seus ombros.
ligar para ele naquele momento, falar que eu não tinha esquecido, que eu ainda o queria comigo, seria como deixar meu fantasma pairando sobre sua cabeça a cada passo que desse.
era justo com ele?
não, não era.
entre continuar partindo meu coração em milhares de pedaços sozinho e voltar a partir o dele em todo esse processo, não me restou muita escolha.
apaguei o número e tentei dormir até a hora da ceia.
não consegui.
voltei a digitar o número dele freneticamente na tela do celular e apertei para discar.
o som da chamada parecia um grito em meio ao meu silêncio.
henrique atendeu no terceiro toque.
"alô?"
é óbvio que ele não sabia que era eu.
era um aparelho novo.
um número novo.
"alô?", henrique falou de novo, diante do silêncio.
eu podia ouvir ao fundo o som do caos.
ônibus? metrô? pessoas conversando?
henrique estava em outro mundo.
henrique estava em outro lugar.
correndo atrás do sonho dele.
vivendo um novo amor, talvez.
se redescobrindo quantas vezes fossem necessárias.
só porque ele podia.
porque ele tinha a chance de recomeçar.
diferentemente de mim, que estava de volta ao meu lugar, destinado a um fim.
meu futuro todo desenhado, traçado, no nível de perfeição que era esperado de mim.
"alô? quem é?", insistiu ele do outro lado da linha.
ninguém, senti vontade de responder.

mas engoli as palavras.

engoli da mesma forma que eu fazia na infância, e que depois desaprendi a fazer quando henrique entrou na minha vida, e após tive que aprender de novo a fazer para sobreviver.

desliguei e nunca mais liguei outra vez.

só de ouvir a voz dele, de alguma forma, parecia que eu tive a resposta que tanto precisava.

ele está bem, pensei.

ele merece ser feliz, conclui.

ele está bem e merece ser feliz mesmo que não seja comigo, falei para mim mesmo, e isso teria que bastar.

à noite, desci para fazer a ceia com meus pais.

eles nunca tinham me olhado com tanto orgulho e admiração.

talvez a distância tivesse feito algo de bom pela nossa relação.

talvez ter seguido suas regras cegamente tivesse feito com que me olhassem de outra forma.

talvez tudo fosse diferente daqui pra frente...

ou talvez tudo permanecesse igual.

eu ainda não sabia.

mas teria que descobrir, mais uma vez.

30
HENRIQUE
PRESENTE

Entrar na casa da minha mãe não me traz o conforto ao qual estou acostumado; o cheiro de bolo no forno, a TV ligada num volume baixo, o calor que se acumula quando as janelas estão fechadas. Todos esses detalhes estão lá, mas parece que uma barreira invisível me impede de sentir a paz de sempre.

Estou triste. A verdade é essa.

— Mãe? — chamo em voz alta, parado na porta que dá na sala.

O silêncio me responde de volta. Provavelmente ela está na casa da minha tia, ajudando com os preparativos para a festa de domingo do meu primo Oliver, o orgulho da família.

Pego meu celular para mandar mensagem e avisar que cheguei, mas está sem bateria. Me jogo no sofá e olho para o teto, revisitando minha agenda. Sábado, amanhã, casamento do Benedito. Domingo, festa do Oliver. Duas ocasiões em que lutarei o tempo todo para não sentir pena de mim mesmo e, em vez disso, pensar em todas as decisões que tomei e que me fizeram chegar ao exato ponto em que estou: com 28 anos e completamente perdido, sem qualquer perspectiva.

Mordo os lábios, tentando acalmar meus pensamentos. A verdade é que admitir que estou profundamente triste me causa um pouco de vergonha. Léo, meu amigo que mora comigo, já tinha percebido isso, como estou sempre tentando ser forte e ignorando o que ele chama de "ondas de tristeza", o que só me impede de passar por elas e ficar bem de uma vez, prolongando o momento sombrio.

— Oliver?

Escuto uma voz fraca ecoando do corredor.

Não pode ser...

Eu só posso estar sonhando...

O que ela está fazendo aqui?

É minha avó paterna quem aparece, dona Elena Guerra. Levanto do sofá e corro para abraçá-la, apertando-a até ela protestar com um tapinha nos meus ombros.

— Assim vai me quebrar os ossos, urso polar! — resmunga ela, mas não resiste ao sorriso. Ela sempre usou esse apelido comigo, evocando uma nostalgia instantânea.

— Que saudades, vó! — Não a solto, ignorando seus protestos.

Ela finge ser durona, mas é puro amor até o último fio de cabelo branco.

— Lógico, você some! — Quando nos soltamos, ela se senta no sofá e bate no espaço ao lado. — Vem cá, vem, meu urso polar.

— Cadê a mãe, vó? — Sento ao seu lado, segurando sua mão com cuidado.

— Dulce... Sabe que não vi Dulce? Eu só cheguei e fiquei aqui te esperando.

— A senhora sabia que eu estava vindo?

— Acho que senti, meu filho.

— A senhora e a sua intuição.

— Sou bruxa, se esqueceu? — Ela pisca o olho pra mim e dá uma risadinha.

— Intuição de bruxa, né? — Sorrio, lembrando das vezes em que ela dizia prever o futuro. Até mesmo o que não se podia prever, ela inventava uma explicação mística.

Eu perguntava pra ela se iria chover naquela segunda, e minha avó dizia sem nem pestanejar: "leva o guarda-chuva." Se eu perguntava se teria batata frita de almoço naquela semana, ela sorria e dizia "talvez sim, emane boas energias para atrair o que deseja". Quando meu pai, filho dela, teve um infarto fulminante e faleceu uma semana depois do meu aniversário de cinco anos, minha avó decretou que ele tinha virado passarinho e me olhava lá de cima. Para tudo, absolutamente tudo, ela encontrava uma lógica, uma resposta, mesmo que fosse embasada em superstição.

— Ai, vó! — Abaixo a cabeça e deito no ombro dela. — A senhora não tem ideia do quanto estou precisando das suas bruxarias...

— Pois estou bem aqui. Não há nada que sua velha vó não possa responder. — Ela coloca a mão no meu rosto, e é como se aquele toque fizesse tudo parar.

— Eu me sinto tão perdido na maior parte do tempo. — Fecho os olhos, aproveitando o contato físico com minha vó, enquanto inspiro seu cheirinho de colônia de alfazema.

— Você sabe que não é só você que se sente assim, não é, ursinho? — Ela aponta para o meu peito e o peso do meu coração parece se multiplicar. — Quando somos mais jovens, achamos que vamos envelhecer e que vamos encontrar as respostas para várias perguntas, a solução para várias aflições... mas a gente não encontra. A gente só vai vivendo, um dia de cada vez, e se esforçando para fazer o nosso melhor.

— E como eu sei que estou dando o meu melhor?

— Ah, Henrique, não dá pra saber. A gente só tenta, né? Se esforça. E segue em frente. — Ela inclina meu rosto e me força a olhá-la nos olhos. O cabelo da minha avó está maior do que me lembrava, branco como neve, caindo em cascata por cima dos seus ombros e do vestido branco que usa. — O que está acontecendo aí dentro? — Vovó aponta para o meu coração.

— Vó... é que, eu... — Nesse momento, sinto muita vontade de chorar. Quero deitar a cabeça no colo da minha avó e chorar até sentir que toda água foi drenada do meu corpo. — Estou tão confuso. Eu... — Mordo os lábios. Não quero falar o que sinto vontade. Se eu não disser nada em voz alta, talvez não seja real. Talvez a coisa continue no campo das ideias. Talvez eu não precise encarar a realidade dos fatos. Mas eu digo. Eu falo. Eu quase grito. — O cara que eu amo vai se casar. Com outro.

A frase me corta por dentro.

Palavras são tão poderosas. Elas trazem fé. Trazem renovação. Mas trazem a morte também; morte de ideias, de esperanças. Morte de um futuro. E talvez tudo doa porque estou me deparando com essa morte: de tudo o que um dia sonhei que viveria com Benedito, mas que não vou viver.

Enquanto eu continuasse em São Paulo e ele aqui, em outro estado, em outra cidade, em Oito Lagoas, o campo das possibilidades se mantinha resguardado. Havia esperança de que algo talvez acontecesse e nossos caminhos se cruzassem. E isso de fato aconteceu. Nossos caminhos se cruzaram e agora estou finalmente diante de um fim, algo para o qual eu não estava pronto, mesmo depois de 12 anos.

— E o que esse rapaz sente por você? — Minha vó arregala os olhos, prestando atenção.

— Eu... bem, ele disse que sente *coisas* por mim.

— Ele disse? — Ela solta uma risadinha. — Que grande confusão você se meteu, hein, meu urso polar...

— Pois é. — Dou um sorrisinho fraco, por ao menos minha história trágica pode trazer alegria pra minha velha vó.

— Só uma pergunta: quando esse rapaz disse o que sentia, o que você respondeu?

— O que eu respondi? — repito, como um bobo, tentando puxar na memória.

— Isso — afirma ela, me olhando na espera de resposta. — Você falou o que você sentia de verdade ou só alguma coisa boba, como *"eu também sinto isso"*? — pergunta ela, e faz uma careta na última frase.

Sinto meu rosto pegar fogo. Parece até que minha avó estava na cena, nos observando, porque se não me engano, minha resposta foi bem por esse caminho do "eu também".

— Eu não lembro direito, vó. — Minto, minha voz sai baixa, quase um sussurro. — Mas talvez eu não tenha dito *exatamente* o que eu sentia, o que eu queria ter dito... — falo, ainda mais fraco, ainda mais debilitado.

Benedito abriu o coração dele e eu não abri o meu de volta.

Deixei ele lá, exposto, à minha espera, e fechei as portas dos meus sentimentos sem dar a ele a mesma chance de me ver por dentro.

Eu tinha vivido a intensidade do nosso reencontro dentro da minha mente. Falei o que eu sentia, minhas alegrias, meus medos e anseios na minha cabeça, onde só eu habito. Como eu só posso ter percebido isso agora?

— Meu querido, escute essa velha bruxa. — Minha avó toca meu rosto com as costas da mão, chamando a minha atenção. — Você precisa falar. Este mundo é feito de trocas. A gente só avança se expressarmos o que sentimos. Não adianta nada falar só pra si.

— É... eu acho que eu falei, só que na minha cabeça. E *talvez* com algumas atitudes.

— Não adianta muito, filho. — Ela cai na risada. — Você precisa falar para o mundo. Em voz alta. Com força! A chance de as pessoas entenderem tudo errado é tão grande... A mente prega peças, sempre querendo nos fazer acreditar no pior cenário.

— Eu sei bem.

— Pois então? Por isso é importante usarmos a *palavra*. Ela parece pouca coisa, banal, mas ainda é a maior fonte de magia que temos no mundo. E é impressionante as maravilhas que ela *ainda* pode realizar quando bem usada.

— Talvez seja tarde demais — digo, mais para mim mesmo do que para a minha avó.

A verdade dói, dizer isso em voz alta dói, mas acho que é uma forma de me convencer a continuar sentado no sofá da casa da minha mãe e não ir correndo até a fazenda da família de Benedito, atrás dele.

Amanhã ele vai se casar.

Amanhã ele vai subir no altar e colocar aliança no dedo de outro.

Amanhã ele...

— Você acredita no que sente? — Minha avó corta meus pensamentos.

— Sim, acredito. — Acho que é a primeira vez nesta conversa que respondo com certeza.

— Certo. Então acho que esse rapaz merece saber o que você sente também. Acho que você deve isso a ele. — Ela coloca uma mexa do cabelo atrás da orelha e abre um sorriso. — Presta atenção, querido, o amanhã começa agora.

O amanhã começa agora...

O amanhã começa com o que construímos hoje, no presente.

Será que entendi certo?

Ou será que...

— Henrique! — Minha vó estala os dedos e me encara com olhos arregalados, em tom de bronca. — Sai dessa cabeça, menino. E vai logo!

Desorientado, tento guardar as palavras da minha avó dentro de mim, no meu coração, nas minhas mãos, na minha pele.

O amanhã começa agora!, repito quase como um mantra.

Me levanto, tomado por uma onda de adrenalina. Meu peito arde. Faz meus músculos se moverem. Preciso correr.

Antes de partir, olho para trás e digo "obrigado", mas, de alguma maneira, minha avó não está mais no sofá.

Dona Elena Guerra desapareceu de forma tão suave quanto aparecera, provavelmente se enfiando em algum outro cômodo em busca do que fazer. É claro que sim... não tinha como ser diferente.

Antes de ir atrás de Benedito, decido ir até o banheiro. Concentro um punhado de água nas mãos e jogo no rosto repetidas vezes depois de escovar os dentes. Aproveito um pouco da sensação da água fresca contra minha pele que parece febril.

Me encaro no espelho reunindo coragem. É agora ou nunca e eu preciso tentar.

Respiro fundo uma última vez.

Daqui até a fazenda dele são uns trinta minutos de caminhada. Espero que ele tenha ido para lá, caso contrário não vou saber onde procurá-lo. Abro a porta de casa e... Paro em frente à porta.

A picape de Benedito ainda está estacionada na rua da minha casa.

31
benedito
passado

a ideia da despedida de solteiro foi coisa do meu pai.
conheci william no salão em que ele trabalhava.
minha mãe era cliente.
ele era sorridente, educado, extremamente simpático e comunicativo.
uma semana depois de ele ter cortado meu cabelo, uma amiga em comum nos reapresentou.
william tinha um jeito de ver a vida que era simples e bonito, algo que eu admirava demais.
quando percebi, estávamos saindo, bebendo juntos, nos beijando na minha picape vermelha.
dali para um relacionamento sério e o noivado, foi tudo muito rápido.
diferente das outras vezes, dessa vez meus pais aprovavam o relacionamento.
eu já tinha me formado.
já tomava conta da fazenda praticamente sozinho.
e acho que meus pais cochichavam entre si que eu era sozinho demais e precisava de alguém do meu lado.
william vinha de família rica, era extremamente bonito e carismático, o que cumpria os requisitos deles.
tanto é que quando meu pai disse que organizaria a minha despedida de solteiro, fiquei surpreso, mas nem tanto.
eles queriam que eu fosse feliz, afinal de contas.
mas queriam que eu fosse feliz seguindo educadamente os passos que eles aprovavam.
o bar escolhido era um velho conhecido meu.

todo decorado de madeira, com um palco ao fundo onde, aos finais de semana, artistas amadores se apresentavam e onde tinha a melhor cerveja artesanal da região.

sendo eu um cara de gostos simples, não foi difícil me agradar.

em determinado momento, algum tio que eu mal reconheceria na rua puxou um brinde.

meu pai se levantou e fez um discurso.

"eu me orgulho muito do meu benê", disse ele, como se eu ainda fosse uma criança.

nos alto-falantes do bar, tocava uma música da marília mendonça que parecia ler a minha vida, falar diretamente comigo.

onde estava esse orgulho durante todos esses anos?, me perguntei em silêncio.

"benê cresceu, se tornou um homem honrado, um filho exemplar e obediente."

eu era exemplar.

eu era obediente.

mas a que custo?

eu não era um personagem.

eu tinha minha própria vida, personalidade, sonhos e desejos.

onde estava tudo isso?

"tudo o que este velho pai quer é que ele seja muito feliz, honrando o legado que eu deixo para ele", completou meu pai.

ele tinha lágrimas nos olhos.

o álcool enrolava sua língua.

primos, tios, amigos aplaudiram, enquanto me abraçavam ou me davam tapinhas nas costas.

era pra ser um momento feliz.

meu pai ergueu seu copo de cerveja, me olhando nos olhos, e bebeu em minha homenagem.

tios, que se troquei meia dúzia de frases na vida foi muito, bebiam animados.

primos distantes, que eu não sabia nada sobre suas vidas, que não compartilhava o mínimo de intimidade, contavam piadas.

todo mundo estava feliz.

era pra ser um dia feliz.

mas se era pra ser feliz, por que eu estava tão profundamente triste?

meu pai parecia estar orgulhoso de mim, mesmo eu sendo um homem gay, casando com outro homem.

por que então eu não me sentia orgulhoso de mim mesmo?

o problema nunca foi minha orientação.

o problema sempre esteve na conta bancária de quem fazia meu coração bater mais forte.

sorri e bebi a cerveja que estava no meu copo de um gole só.

orei pra que o álcool daquele único copo anestesiasse a minha dor.

eu vou me casar amanhã, me lembrei.

eu vou me casar amanhã, pensei.

tentei sorrir mais, um sorriso maior, me esforçando para corresponder a cada gesto com a mesma alegria que me entregavam.

mas a verdade é que eu sentia como se estivesse assistindo à cena de fora.

como se minha versão que sorria e agradecia fosse um personagem atuando para uma plateia.

essa festa não era pra mim.

eu era apenas um convidado.

eu ainda tinha que agir da maneira que todo mundo esperava.

e se eu não quisesse mais?

quem estaria do meu lado?

sentei numa das cadeiras afastadas, perto da porta.

o gosto do álcool na língua me enjoou, então peguei uma água.

meu pai nunca me pediu perdão.

ele me colocou num colégio interno, em outro estado, o mais longe que conseguiu.

me tirou do meu círculo de amigos.

me tirou da minha própria vida.

minha rotina era fechada na mais pura solidão.

eu aprendi a viver ainda mais dentro de mim.

aprendi a me reconhecer apenas dentro da minha própria mente.

a decisão que os dois tomaram anos atrás levou para longe os poucos traços de espontaneidade que pertenciam à minha personalidade.

eu era um quadro em branco, mesmo aos 28 anos.

ninguém me conhecia de verdade.

passei anos vivendo como um robô.

participando de tudo no automático.

eu transava de forma mecânica.

eu falava o que queriam ouvir.

eu tomava o caminho mais curto e fácil.

fazer o fácil, no fim das contas, era o mais custoso e difícil.

ninguém aqui, nesta comemoração, sabe quem eu sou, repeti para mim mesmo.

ninguém, além *dele*, é claro.

em um momento, quando todos pareciam distraídos demais, embriagados demais, felizes demais, me levantei e saí do bar.

não sei no que eu estava pensando.

eu não devia tirar a chave do carro do meu bolso.

eu não devia abrir a porta e sentar no banco.

eu não devia ligar o carro.

eu não devia dar partida.

eu não devia pegar a estrada.

eu não devia estar saindo de oito lagoas.

eu sabia disso.

sabia de tudo isso.

mas algo me moveu.

algo me fez ir.

e eu simplesmente fui.

32
HENRIQUE
PRESENTE

Meus pés se movem automaticamente, mesmo que minha cabeça ainda esteja paralisada de medo, e, antes que perceba, estou parado em frente à picape dele.

Benedito está dentro do carro, cabeça baixa, olhos presos no chão.

Toda a adrenalina que corria em minhas veias se esvai, como se fosse soprada do meu corpo feito uma fina camada de poeira que se dissolve no ar. As palavras que eu guardei sobre o que realmente sinto começam a se perder na minha mente, quase escapando para o vazio. Mas não posso deixar que isso aconteça — não dessa vez.

Dou um soquinho no vidro do motorista, tentando chamar sua atenção.

— Oi! — Ele levanta a cabeça, me olhando com uma surpresa que invade seus olhos; seu nervosismo o faz se enrolar com o botão do vidro automático, então demora alguns segundos até que ele consiga abaixá-lo. — Ah, oi.

— Oi. — Respiro fundo. Sinto que meu corpo está pingando de suor vergonhosamente.

— Esqueceu alguma coisa? — pergunta ele, tentando disfarçar a confusão.

— Eu poderia te fazer a mesma pergunta — revido, erguendo uma sobrancelha.

Benedito arregala os olhos, como se pego em flagrante, e então dá um sorriso.

— É, é verdade. Você tem razão.

Eu dou meia-volta e retorno ao banco do carona, o mesmo em que estive sentado minutos atrás.

— É, então... — Assim que me sento, viro meu corpo de frente pra ele. — Por que você ainda está aqui?

Benedito me fita por um breve segundo e então volta seu olhar para o chão.

E então me dou conta de que estou mais uma vez agindo como sempre agi: eu tomo a atitude de vir até aqui dizer o que eu sinto, de abrir meu coração, e na hora H simplesmente me calo, fazendo com que ele fale primeiro, só para ruminar tudo o que eu ouvir na minha mente por horas e horas e não dizer nada do que eu queria.

— Quero dizer, não importa. — Solto o ar, reunindo coragem. — Quero dizer, importa sim você ainda estar parado na porta da minha casa, mas o que quero realmente dizer é: eu devia ter falado o que eu sinto no momento em que você abriu seu coração lá na lagoa. Só que eu fui pego totalmente de surpresa e isso me assustou, sabe? E aí quando vi já tinha sido sequestrado pela minha própria mente, me dizendo com detalhes todos os motivos concretos que não nos fariam dar certo, mas... — Tomo ar. — Aqui estou.

— Certo. — Benedito me olha, os olhos arregalados, como se nunca tivesse esperado por aquilo. Ele examina meu rosto, buscando algum sinal ou certeza, esperando por algo a mais...

Será que eu não falei o essencial? MEU DEUS! Por que é tão difícil ser sincero?!

Eu esperava uma reação diferente, admito. Talvez até uma recepção mais calorosa. Mas a verdade é que Benedito não faz a menor ideia do que eu sinto e talvez essa seja uma reação normal. Ou talvez ele só esteja arrependido de tudo que aconteceu entre nós e também esteja perdido nos próprios pensamentos.

— Para! — digo, num grito que deveria ser só mental, mas escapa em voz alta. Uma súplica para que minha mente pare de se perder em interpretações.

— Henrique... — ele me chama, numa voz baixa, mas carrega algo que me desarma.

— Foi mal... eu estava falando comigo mesmo e... — Desisto de continuar explicando, porque a verdade é que estou cansado. Cansado de carregar isso sozinho, de fingir que sou forte, de agir como se já tivesse superado, como se pudesse seguir em frente. A verdade é que não posso. Eu não sou essa pessoa.

Respiro fundo e olho em seus olhos.

— Eu te amo. Eu te amo desde quando era criança, e acho que você sabe disso. Eu te amo desde antes de entender o que significa o amor. Mas te amar está acabando comigo. Está arruinando a minha vida, Benedito. Não existe nada pior no mundo do que te amar e não poder te amar. Do que não poder estar contigo sempre que eu desejar. Eu sei que nossas vidas seguiram, mas eu penso em você sempre. Vejo algum meme que eu queria te mandar, mas lembro que a gente não se fala mais. Vejo um filme que tenho certeza que você ia gostar, mas não tenho como te levar ao cinema. Todos os meus dias se tornaram segundas-feiras chuvosas e cinza, e eu não quero mais isso. Eu sei que seu casamento é amanhã, mas se você ainda sente algo por mim, algo grande o suficiente a ponto de te fazer mudar completamente o rumo para ver no que vai dar... eu estou aqui.

Só quando sinto uma lágrima deslizar até meu colo que percebo que estou chorando. Passo a mão no rosto, tentando enxugar as outras que insistem em seguir o mesmo caminho.

Eu não disse metade do que queria, mas sinto que foram as palavras certas, como se cada uma delas tivesse ganhado forma e existisse, finalmente, no mundo.

— Henrique... — Benedito sussurra, aproximando-se, encostando sua testa na minha. — Eu te amo. — A voz dele sai alta e firme, dando peso para cada palavra.

Fecho os olhos e um sorriso tímido se mistura ao meu choro. Ele me ama. Ele realmente me ama. Isso quer dizer que a gente tem uma chance? Que vamos tentar?

Seguro seu rosto e o beijo, um beijo lento e salgado das lágrimas que escorrem pelo rosto de ambos. Nosso beijo parece uma promessa silenciosa, uma esperança que se acende no meio do caos.

— Eu também te amo — repito, minha boca ainda roçando a dele.

Mal posso acreditar que tudo está se alinhando. Então por que sinto que algo está fora do lugar?

Quando nossos lábios se separam, Benedito continua parado, me olhando com um misto de dor e um segredo que parece preso dentro dele, que eu não consigo alcançar.

— O que foi? — pergunto.

Benedito segura minha mão, o polegar acariciando a pele sensível entre o meu indicador e o polegar. Sua expressão muda, transformando-se em algo mais sombrio, e então o vejo começar a chorar, como se tivesse quebrado uma represa.

Sinto algo ruim no peito; uma sensação que antecipa uma tristeza, um adeus, uma notícia ruim.

— Eu amo tanto você, Henrique... — Benedito se afoga nas palavras. — Eu fui um idiota... Devia ter ido atrás de você assim que pude. Só que eu não percebi a armadilha na qual eu caí quando me fizeram acreditar que era pra ter sido assim. Me convenceram de que eu seria um incômodo pra você, um peso, e que você ficaria melhor sem mim. Mas agora estamos aqui... e eu sei que você me ama, e eu te amo também, amo pra caralho, mas não podemos ficar juntos.

Suas palavras me acertam como um golpe. Ele me deu esperança, e agora tira isso de mim de novo. Como se tivesse cuidado dos meus machucados, esperado eles cicatrizarem, apenas para vir e abrir a ferida mais uma vez.

Quero gritar.

Como eu fui ingênuo a ponto de acreditar que ele largaria seu futuro marido só pra ficar comigo? Quem eu acho que sou? De onde veio essa autoestima que simplesmente não me pertence?

— Eu entendo. — Minha boca se move, mas as palavras parecem não me pertencer, porque sigo sem entender de verdade — Claro, você vai se casar. O amor não é suficiente para segurar ninguém. Eu entendo.

Repito isso para mim mesmo, tentando convencer meu coração. A família dele ama o noivo. Eu nunca seria aceito. Tento me forçar a acreditar que ele seria infeliz ao meu lado. Mesmo que eu saiba que, com ele, eu enfrentaria qualquer coisa.

— Não é isso. — Benedito suspira, respirando profundamente, como se em busca de ar.

É o que então, porra? Seu amor não é forte o suficiente?

— Benedito, sem enigmas, por favor. Eu estou cansado. Emocionalmente cansado. Fisicamente cansado. — Sinto uma vontade absurda de sair correndo. Quero abrir a porta, quebrar a janela, escapar desse momento que só me fere mais. — Eu só quero...

Só quero o quê?

Sumir?

Não existir por uns dias?

Lembro que uma vez eu disse isso para os meus amigos, e todos ficaram preocupados que eu estivesse desenvolvendo tendências suicidas. Eu demorei um bom tempo para explicar que não era nada disso. Eu não iria me matar, nem queria, mas queria, sim, desaparecer por um tempo. É tão difícil de entender? Só queria fechar os olhos e deixar de existir por um mês, talvez um pouco mais, um pouco menos, e então voltar para os mesmos problemas de antes, mas descansado e talvez com a mente suficientemente arejada para achar alguma solução sem a pressão que a vida nos impõe. Porém, a realidade não funciona assim. Ela não dá pausa. Ela não deixa você se levantar após uma rasteira. A vida real te soca e te quebra sem deixar tempo para recuperação.

É assim que me sinto agora.

Um homem quebrado.

— Tudo bem. — Benedito sorri, e é o sorriso mais triste que já vi na vida. — Você pode vir comigo?

Ele abre a porta do carro e sai, e, hesitante, eu permaneço sentado. Sinto que há algo que ainda preciso entender, algo que, de alguma forma, abrirá minha mente. E então, com uma estranha esperança e um temor quase sufocante, eu finalmente saio, deixando que a verdade venha, seja ela qual for.

E, num piscar de olhos, tudo muda.

23
benedito
passado

O rádio toca uma música que me lembra dele...
metade do meu coração só quer te ver de novo.
e a outra só pensa em você.
será que ele vem para o casamento?
por que toda maldita música me faz pensar em henrique mesmo depois de tantos anos?
por que o álcool parece sempre piorar esses pensamentos?
abro as janelas.
deixo o ar entrar.
deixo o verde ao meu redor ser tudo o que existe no mundo.
e nessas horas meu sorriso é passageiro
é aí que eu percebo
a falta que me faz você
fecho os olhos por um segundo, cantando a plenos pulmões.
estou chorando.
minha alma chora.
o dia está claro, azul.
ainda não é nem meio-dia.
eu devia estar feliz.
por que eu não estou feliz, porra?
quando abro os olhos de novo, já é tarde demais.
o som de metal se chocando contra metal é a primeira coisa que me tira da órbita.

é uma pancada seca, quase surda, e no instante em que meu corpo é lançado para a frente, sinto meu coração disparar, acelerado e descompassado.

as mãos que estavam soltas no volante agora agarram a direção com força, mas é inútil.

o carro gira, como se estivesse sendo puxado por uma força invisível que controla cada movimento.

minha cabeça colide contra a janela meio aberta.

o vidro ao meu lado estilhaça.

sinto cortes no rosto e nos braços.

um gosto amargo de sangue preenche minha boca.

um barulho horrível de osso se partindo arranha meus ouvidos.

são meus ossos.

há uma dor quente e feroz na minha perna.

percebo que é minha carne sendo rasgada.

e então tudo fica em silêncio...

minha visão está turva, e meus pensamentos, confusos.

respiro fundo, ou tento, mas o ar parece machucar meus pulmões.

o tempo se arrasta, como se tudo estivesse em câmera lenta.

o cheiro de borracha queimada e óleo invade meus sentidos, denso e sufocante.

olho para baixo.

minhas pernas e as engrenagens do veículo são uma coisa só.

estou preso.

não há salvação para mim.

mas, então, aparece alguém...

é uma mulher negra, bochechas redondas, dentro de um vestido muito branco.

eu não a reconheço, mas seu rosto é amistoso.

"me tira daqui", imploro.

tudo dói.

meu coração começa a acelerar com força.

parece que vai explodir dentro de mim.

a mulher sorri com empatia, acariciando meu rosto com o dorso da mão.

ela parece pedir pra que eu fique calmo, mesmo que sua boca não se mova.

e então é o rosto dele que me vem à mente.

henrique...

henrique.

henrique!
lágrimas caem do meu rosto.
eu só quero vê-lo.
só quero encontrá-lo.
a mulher se inclina perto de mim e sussurra palavras difíceis.
nada no mundo poderia me preparar pra isso.
ela não me poupa.
ela não suaviza.
a mulher apenas me olha nos olhos e me fala a verdade.
o que aconteceu.
o que acontecerá.
mas de alguma maneira estranha, eu estou tranquilo.
de alguma maneira, eu estou pronto...
eu estou em paz.

34
HENRIQUE
PRESENTE

Eu estou de volta à estrada onde encontrei Benedito, onde o acidente aconteceu.

Há fumaça por toda parte. Uma parede espessa e cinza que cega a minha visão, como se um véu pesasse sobre tudo ao redor, e que invade meus pulmões, deixando minha língua com gosto de fuligem.

Benedito não está mais ao meu lado. Tento chamá-lo, mas a fumaça parece me invadir, queimando o peito e me obrigando a abaixar o rosto, como se isso tornasse mais fácil respirar.

Aos poucos, minha mente vai juntando as peças.

A picape vermelha. O carro de Micael.

O *acidente*.

O som metálico da colisão que rasgou o ar, seguido por um baque surdo que reverberou por toda a estrada, volta aos meus ouvidos como um grito.

Não foi uma simples batida.

Foi um acidente grave. Muito grave.

Olho para o lado e tento chamar a menina ao meu lado, mas Katarina com K está tombada, o corpo inerte encostado ao lado da porta, uma massa de carne, cabelos e sangue que mal consigo reconhecer.

À frente, o corpo de Micael e Rodolfo pendem pelo para-brisa estilhaçado. Nenhum dos dois se move. Nenhum dos dois respira.

Não pode ser... todos estão mortos?

— Meu Deus... — murmuro, sentindo um medo que cresce e não posso conter.

Sem tempo de associar todo o terror ao meu redor, noto uma gota de sangue pingando no meu colo. *Minha*.

Uma dor começa a se fazer notar e se espalha pelo meu corpo, latejando. Coloco a mão no rosto e percebo que cada centímetro de pele está coberta de vermelho. Minha barriga, minhas pernas, minhas costas — tudo dói, como se eu tivesse passado por uma máquina de moer carne.

Sinto meu coração martelar no peito.

Estou morrendo?, penso, mergulhado em desespero.

Olho para baixo e me livro do cinto que me salvou e que agora está todo pintado de vermelho-escuro. Meu corpo pende para a frente, fraco, e apoio o rosto na parte de trás do banco do motorista, enquanto foco em apenas respirar — o que por si só é um grande desafio.

Onde está Benedito? Foi ele que me trouxe. Será que eu sonhei tudo ou ele realmente está aqui? Eu preciso saber... Minha cabeça começa a doer demais quanto mais tento pensar. O que eu vivi foi fantasia? Nada realmente aconteceu?

Abro a porta com dificuldade e tento sair.

Assim que toco o chão, sinto uma dor aguda na planta do pé, sem firmeza nenhuma de sustentação. Decido deixar meu corpo deslizar até o solo, onde o asfalto quente do meio-dia se mistura com os cacos de vidro e o óleo do acidente.

Do lado de fora do carro, finalmente a realidade se revela; diferente de antes, quando os veículos estavam apenas amassados, o que vejo agora é um cenário de guerra; as engrenagens de um se fundem ao outro, as ferragens se retorcem. E, no asfalto, a mancha de um vermelho vivo formando um rio carmim. *Sangue.* Muito sangue. De todos nós.

Me arrastando, vou até a picape vermelha que está a poucos metros, movido por uma força interna que não sei de onde vem.

Se Benedito estiver na picape eu preciso salvá-lo, preciso tirá-lo dali...

— Benedito... — tento chamar, mas o nó na garganta prende minha voz.

Sinto como se tivesse algo apertando meu pescoço, e isso me dá ainda mais vontade de gritar.

Eu só quero voltar para a frente da minha casa.

Eu não aceito que isso tudo tenha sido só um sonho, um delírio...

Eu quero tudo o que vivi de volta.

Eu quero Benedito nos meus braços!

Lágrimas explodem dos meus olhos, embaçando minha visão, mas escuto quando a porta do carona da picape vermelha se abre. A pessoa que está lá dentro luta para sair. E então, lentamente, vejo o corpo de Benedito se esgueirando para fora, vindo ao chão, perto de mim.

— Benê... — Seu nome escapa do meu corpo junto com todo o meu ar.

Meu coração soca meu peito de forma violenta. Eu só preciso chegar até ele. Eu só preciso tocá-lo.

Benedito abre um dos olhos e me encontra. O girassol em suas íris brilha para mim. Em meio a sangue e carne machucada, vejo seu sorriso aparecer.

— Te... encontrei... — É tudo o que ele diz.

Cravo minhas unhas no asfalto, sem me importar com a dor, apenas porque preciso chegar até ele. Benedito também estende a mão, e quase como se estivéssemos sem conseguir respirar todo esse tempo, nossos corpos se encontram.

Uso meus braços para rodar pelos ombros de Benedito e beijo seu rosto repetidas vezes. Preciso sentir que ele é real. Preciso *saber* que isso tudo foi real.

— Benedito... — Meu rosto é uma confusão de sangue e lágrimas. — Estou com medo... Muito medo...

— Calma, meu amor. — Ele acaricia meu rosto, enxuga minhas lágrimas, e seu beijo repousa em minha bochecha. — Já tá quase acabando...

— O que tá quase acabando, Benedito? — pergunto desesperado, mas Benedito não parece ser capaz de responder.

O único olho que ele consegue abrir vai e vem o tempo todo, ficando fora de órbita, sua íris sumindo e me deixando a encarar apenas sua esclera.

— Benê! — chamo, segurando seu rosto — Fica comigo... fica aqui!

— Eu tô aqui. — Ele voltou a si por alguns segundos, focando os olhos em mim. — Eu só vou poder ficar aqui até eles chegarem, tá bom?

— Eles quem, Benedito? — Minhas palavras saem mais ríspidas do que esperava. — Eu não estou entendendo... Os bombeiros? Você conseguiu pedir socorro?

Ele sorri, pega minha mão e a beija com afeto. Benedito pode até sorrir, mas são seus olhos que me contam a verdade. Ele está devastado.

— Henrique... — Ele acaricia minha mão, o toque suave como uma brisa. — Eu e seus colegas de carona morremos. No acidente.

— Quê? — Sinto minha garganta se fechar.

— É verdade.

— Não, você tá brincando comigo... Isso é, sei lá, um sonho sem graça. Isso é um pesadelo horrível, sem graça, Benedito.

— Eu queria muito que fosse...

— Mas você tá aqui, falando comigo!

— É que eu... vou partir em breve, meu amor. — Ele fecha os olhos, como se doesse muito me contar isso.

— Tá, então... Nós morremos? — Me sinto preso em areia movediça, afundando sem conseguir dar um passo em terra firme. Estou caindo e não há nada que eu possa fazer para sair desse movimento. — Todos nós morremos?

— Não, meu amor. — Benedito abre os olhos, que choram, com muito esforço, apenas para que eu sinta a verdade em suas palavras. — *Eu* estou morto. Você, não. Você está *vivo*. Você fica.

— Benedito... — As lágrimas atropelam tudo em mim, enquanto meu corpo começa a tremer. — Mas... eu vi a minha vó! Eu *falei* com ela! E ela já morreu!

— Sim...

— Se eu encontrei com ela, então eu morri também! — Seguro a mão dele com força, com medo que ele se afaste. — Não tem outra explicação! Nós dois morremos, nós dois e...

— É mais complicado do que parece, meu amor... Talvez você não se lembre de nada do que eu disser quando acordar...

— Eu vou me lembrar, eu vou! — imploro, porque preciso de mais informação, de respostas.

— Não temos muito tempo, Henrique... Eles nos deram esse presente. Eles *me* deram esse presente. Esse momento para nos despedirmos. Para dizermos adeus... — Mesmo com toda a dificuldade, Benedito me abraça forte, segura meu rosto entre as mãos e me obriga a olhá-lo. — Mas acredite em mim, meu amor, você está vivo. E eu não poderia estar mais feliz por isso... Sua hora não chegou.

— Mas eu não quero me despedir! — Minha voz é quase um sussurro, enquanto me agarro à sua camisa, com medo de soltá-lo e ele sumir num piscar de olhos. — Me leva com você... me leva também! Não tem nada aqui pra mim, Benê... eu quero ir com você...

— Eu não posso, Rique, eu não posso... — Benedito coloca o queixo no topo da minha cabeça, acariciando minhas costas.

— Benedito... — Eu escuto seu coração bater contra o meu ouvido. Ele só precisa aguentar mais um pouco, até o socorro chegar. Só mais um pouco. — Por favor, não me deixa... eu te amo demais, a gente ainda pode ser feliz... aguenta mais um pouco. A gente vai dar certo! A gente vai fazer dar certo!

Benedito me balança nos seus braços, me mantendo contra seu corpo, nós dois no chão.

As lágrimas embaçam minha visão, mas consigo ver quando pessoas vestindo roupas brancas, iluminadas por uma aura quase cegante, se aproximam do local do acidente. Não consigo ver seus rostos, suas expressões... só sei que se aproximam de nós.

Três delas se aproximam pelo lado oposto de onde eu e Benedito estamos no chão, na direção do carro de Micael. Mas apenas uma delas fica parada, as mãos cruzadas numa posição tranquila, nos observando.

Eu sei o que ela quer... Ela está aqui para levar o Benedito de mim.

Benedito me segura mais firme e o desespero rompe em mim.

— Não vai... por favor, não me deixa...

— Henrique, me escuta...

— Por favor...

Benedito afaga minhas costas e seu toque é tão quente, tão real... Não consigo parar de chorar.

— Eu perdi muito tempo, Henrique. Mesmo pensando em você todos os dias, eu ficava com medo de te procurar, de mandar uma mensagem. Medo de atrapalhar sua vida, medo de você me rejeitar, medo de enfrentar os meus pais... E a minha covardia só mostra como eu fui bobo em ter perdido a chance de viver tanta vida ao seu lado. Mas você está vivo, Henrique. Então viva. Não exista simplesmente; viva de verdade.

Ele encosta os lábios nos meus e pressiona com força, como se quisesse deixar suas digitais em mim.

E continua:

— Sorria mais. Abrace as pessoas que você ama, seus amigos, sua família, segure-as com força. O tempo passa e, no final, o que fica são esses momentos, esses pequenos gestos. Pare de se preocupar tanto com o que os outros pensam ou esperam de você. No final, as expectativas que realmente importam são apenas as nossas. Sonhe grande, e quando parecer impossível, dê mais um passo. Se estiver com medo, vai assim mesmo. As dificuldades vão parecer gigantescas, eu sei, mas você é mais forte do que pensa. Eu gostaria de ter feito mais, dito mais, sentido mais. Gostaria de ter ido atrás de você. Gostaria de ter te levado flores, *girassóis*. Gostaria de ter te levado nos meus restaurantes favoritos. Gostaria de ter cantado as minhas músicas favoritas com você andando de carro. Gostaria de ter segurado mais a sua mão, beijado seu corpo, acariciado seu cabelo. Mas eu sou grato por tudo o que vivemos. Sou grato por ter tido você na minha vida. E isso fez toda a diferença, pode acreditar.

Escondo meu rosto na curva do seu pescoço, me sentindo exausto e confuso, perdido num vazio que toma conta de mim.

Benedito encosta a boca perto do meu ouvido, dá um beijo suave no lóbulo da minha orelha e então se afasta apenas para me olhar.

— Me promete — pede ele, baixinho — que você não vai desistir do seu sonho nem de você... — Uma linha de sangue escapa pelo canto dos seus lábios, enquanto ele começa a tossir com força. — Que você vai viver e vai continuar...

— Eu prometo... — digo, a voz afundada no choro e na dor. — Eu prometo... mas fica aqui, por favor... só mais um pouco...

Eu não sei mais o que falar, como implorar para ele não me deixar. Não é justo... A gente precisava da nossa chance.

— Rique... meu Rique... — Benedito encosta a testa na minha. — Você me faz sentir vivo e isso nunca vai mudar.

Benedito encosta os lábios nos meus e depois pressiona a boca contra a minha testa.

Seu toque é firme e forte contra minha pele, mas gradativamente, como se eu pudesse ver a olho nu, a vida se esvai do seu corpo.

Sua respiração vai se tornando mais espaçada, mais profunda, e então o aperto do seu corpo contra o meu perde a força, amolece, se rende.

Olho para onde devia estar a mulher de branco que esperava e não tem mais ninguém.

Só há eu. O sol. E quatro corpos ao meu redor.

Não tenho mais lágrimas para chorar.

Dói tanto, dói muito, mas é quase como se dentro dessa fortaleza sombria de dor na qual se transformou meu coração, houvesse um grande silêncio.

Uma grande paz.

Num último esforço, inclino meu corpo um pouquinho para cima apenas para ver o rosto de Benedito. Passo suavemente as pontas dos meus dedos pelos contornos do seu rosto, pelo nariz, pelos lábios... pelos olhos, que guardavam os girassóis mais bonitos que já vi na vida.

Vejo ali o Benedito adulto e o Benedito criança... Os dois estão ali. Os dois me amam. E eu amo os dois. É tudo o que preciso saber para seguir em frente.

Volto a deitar a cabeça no seu peito, já sem vida, enquanto escuto sirenes ao longe, se aproximando.

O cheiro do fogo faz arder minhas narinas, mas não ouso me mexer.

Se eu fechar os olhos, juro que ainda posso sentir os lábios dele pressionados em minha testa.

Eu estou vivo.

35
HENRIQUE
PRESENTE

Acordo ao som de um tique metálico — o som mecânico dos aparelhos ao meu redor. A luz fria do hospital quase me engana, me fazendo confundi-la com a aura das pessoas que acho que levaram Benedito de mim.

À medida que minha consciência desperta, a dor vem junto.

Não é apenas um incômodo, é uma dor avassaladora, física e cortante, como se cada parte do meu corpo tivesse sido quebrada e remontada de maneira errada. Tento mover minha cabeça, mas até isso é difícil.

Quando consigo inclinar meu rosto um pouquinho para a esquerda, vejo minha mãe.

Dulce está cochilando em uma cadeira desconfortável, segurando um terço em uma das mãos e, na outra, uma foto da minha avó, dona Elena Guerra. Minha avó, que morreu quando eu ainda era adolescente, antes de me mudar para São Paulo. Minha avó, que até pouco tempo atrás, estava dentro da minha casa, me dando conselhos amorosos.

A lembrança dela me invade, o calor do nosso último abraço, o cheiro doce que parecia vir de sua pele. Encontrá-la novamente foi um presente que não sei se mereci.

— Filho? — A voz da minha mãe me puxa de volta, trêmula, cheia de alívio.

Em segundos, ela está de pé, as mãos percorrendo meu rosto, os olhos marejados de lágrimas.

Tento dizer que estou bem, mas a máscara de oxigênio abafa as palavras. Faço menção de tirá-la, mas minha mãe segura minha mão com firmeza.

— Não... deixa assim. — Ela ajusta a máscara de volta, como se proteger a minha fragilidade fosse a única coisa que a mantivesse de pé. — Graças a Deus você está bem! — E então ela me beija na testa, uma bagunça de lágrimas e sorrisos que é impossível não aceitar.

Não consigo retribuir o abraço, mas há conforto no toque, no calor familiar que atravessa a dor.

— Sua avó... — Ela diz entre lágrimas, com a emoção quebrando cada palavra. — Foi ela quem te protegeu, meu filho. Eu sonhei com ela esta noite. Ela só me pedia calma. Eu sabia que ela estaria contigo... eu sabia...

Minha avó. Uma bruxa, como sempre acreditei em segredo. Ela sempre soube tudo, sempre esteve lá.

Será que... esteve mesmo? Ela esteve comigo naquele momento ou foi tudo um sonho? Foi real? Uma alucinação? Um sonho? Um pesadelo?

As perguntas começam a pesar como uma maré crescendo em velocidade acelerada. Ansiedade. Medo. Um turbilhão se forma dentro de mim. Mas há também outra coisa. Um brilho, uma centelha amarela e quente que se recusa a se apagar. *Esperança*. É fraca, mas está ali.

— Mãe... — Tento falar, a voz saindo abafada, rouca, como se eu não soubesse mais como usar minhas cordas vocais.

— Não faz esforço, meu filho. — Ela pousa a mão na minha testa, um gesto tão instintivo, tão dela. — O médico disse que você precisa descansar.

— O que... aconteceu? — As palavras escapam com dificuldade, mas meus olhos imploram por respostas.

Minha mãe suspira, puxa a cadeira para perto de mim e se senta. Ela pega minha mão, apertando-a com firmeza. Não há hesitação.

Foi assim quando meu pai morreu. Ela não se escondeu atrás de eufemismos ou falsas esperanças. Ela só pegou a minha mão e disse o que deveria ser dito.

— Você se lembra do... Benedito? — A voz da minha mãe treme ao dizer o nome dele.

Meu coração dói, como se alguém o apertasse com força. Um nó cresce na garganta. Não preciso responder. Minha mãe sabe que eu me lembro. Ela sabe de tudo.

— Então, filho... — Sua voz vacila. — O Benedito estava no carro que se chocou com o seu. Os corpos de vocês dois estavam... juntos, de alguma forma. E ele... ele não resistiu.

Eu já sabia.

Desde o momento em que acordei, senti a confirmação silenciosa de sua ausência. Mas ouvir as palavras em voz alta é como uma nova ferida sendo aberta.

Minha mãe continua. Explica que eu fui o único sobrevivente. Que os médicos disseram ser um milagre eu estar vivo, que o cinto de segurança salvou minha vida.

Eu apenas fecho os olhos.

Deveria me sentir grato. Deveria me sentir feliz por estar vivo. Mas tudo o que consigo sentir é o peso de uma perda tão grande que parece preencher todos os cantos do meu ser.

Por mais que eu tente, não consigo escapar da dor. Benedito se foi. E, de alguma forma, uma parte de mim foi junto com ele.

36
HENRIQUE
PRESENTE

Sábado. Um dia após o acidente.

Acordo diferente. Talvez seja o efeito dos analgésicos diminuindo. Talvez fosse a tristeza se expandindo dentro de mim, como uma sombra que não encontra limites. Não sei. Só sei que algo havia mudado, estava mais pesado, definitivo.

Peço o celular da minha mãe emprestado, já que o meu se perdeu no acidente. Preciso de uma resposta, de alguma definição que explique o vazio que me consome. Digito no campo de busca: "significado de luto".

"Sentimento de tristeza profunda pela morte de alguém."

É a primeira resposta que aparece.

É exatamente isso. Essa tristeza profunda.

Algo tão intenso, tão devastador, que, ao senti-lo, você acredita que nunca mais deixará de sentir. Que ele será uma cicatriz viva, pulsando para sempre dentro de você.

— É hoje o velório? — pergunto, devolvendo o celular.

Minha mãe assente, sem dizer nada. Não é necessário. A ausência das palavras dela é mais eloquente do que qualquer resposta.

Ela tem medo de piorar meu estado, dá para ver nos seus olhos, mas sinto pena dela por isso. Dulce não sabe que não há nada a piorar. Não há como descer mais. Eu já estou no meu fundo do poço, no lugar mais escuro que alguém pode alcançar.

Por um momento, penso nele. No viúvo. No homem que iria se casar com Benedito. Como ele está se sentindo? Será que Benedito o visitou também? Será que, enquanto estava comigo, ele estava com o noivo ao mesmo tempo?

Esses pensamentos me atravessam como facas. Sinto raiva. Raiva de pensar que o que tivemos não foi único, que não foi só nosso. O sentimento me corrói como veneno, e então outra onda de raiva, dessa vez dirigida a mim mesmo, por ser tão egoísta.

Eu não devia sentir isso. Não agora. Não quando tudo está tão frágil. Mas, ao mesmo tempo, não consigo controlar.

Não quero catalogar meus sentimentos nem organizá-los em algo que faça sentido ou que pareça correto. Não quero ser uma boa pessoa. Não quero ser decente. Só quero sentir o que estou sentindo — o desespero, a raiva, a tristeza. Quero que esses sentimentos me devorem, que me queimem até virar cinzas.

E depois?

Depois quero apagar. Dormir. E, quando acordar, senti-los tudo de novo. De novo e de novo. Até que o ciclo seja apenas parte do que sobrou de mim.

Não é justo comigo. Não é justo com ninguém.

No dia do seu casamento, o viúvo está enterrando quem seria seu futuro marido. E junto, ele enterra também o amor da minha vida.

37
HENRIQUE
PRESENTE

Domingo.

Meus exames ficam prontos, e o médico diz que estou bem. *Bem.*

— Henrique teve sorte, quase um milagre! — repete ele — Está tudo bem. Nenhum osso quebrado. Nenhum sangramento interno.

Minha mãe está feliz, aliviada, e eu não quero preocupá-la mais do que já fiz. Então sorrio. Aceno. Ou simplesmente desassocio.

O médico diz que, se tudo continuar como está, receberei alta amanhã. Minha mãe está apavorada com a ideia de eu voltar para São Paulo, para longe dos olhos vigilantes dela. E eu estou apavorado de não voltar. De ficar preso aqui, sem o refúgio da rotina que talvez consiga anestesiar essa dor que me consome.

Me sinto sendo comido vivo. Essa é a verdade.

Em determinado ponto, convenço minha mãe a ir na comemoração do meu primo que passou no vestibular, algo que parece ter acontecido em outra vida. Um detalhe insignificante comparado a tudo que aconteceu nas últimas horas.

Ela se recusa a me deixar sozinho, mas eu consigo convencê-la. Vai fazer bem para ela ver os parentes, falar sobre o que aconteceu. Eu que estou preso na cama, não ela.

— E o que eu digo sobre as visitas? — pergunta ela.

Desde que cheguei ao hospital, pelo menos dez familiares se ofereceram para me visitar. Implorei para minha mãe dizer que não era permitido. Não tenho forças para encarar ninguém.

— Diz que ainda não são permitidas, mas que amanhã estarei na sua casa, e aí eles podem passar lá.

— Certo.

— Antes de ir... você me empresta o celular?

A ideia de ficar aqui, encarando o teto ou zapeando pelos canais de TV, soa como um filme de terror.

— Claro, filho. Qualquer coisa é só ligar para sua tia que eu volto correndo.

Agradeço como se o aparelho fosse uma tábua de salvação.

Me odeio por não ter colocado minhas ideias de piadas numa nuvem, em algum lugar online que eu pudesse acessar depois. Todo o trabalho de meses se perdeu porque fui incapaz de prever o pior.

Quando finalmente fico sozinho, abro o aplicativo de mensagens com dificuldade. Não demora para encontrar a conversa entre minha mãe e Kelly. Abro a mensagem apenas para pedir que minha amiga coloque o contato da minha mãe no nosso grupo, que tenho com ela, Amanda, Léo e Pedro, para poder me comunicar com todos meus amigos de uma só vez, mas meus dedos travam diante do teclado.

Não quero invadir a privacidade da minha mãe, nem da minha amiga, mas meus olhos me traem.

Minha mãe enviou a seguinte mensagem para Kelly:

"Estou preocupada. Esta noite ele chamou pelo nome de Benedito várias vezes. Você acha que a alma dele pode estar por aqui?"

A resposta de Kelly veio rápida:

"Não sei, Dulce. Talvez alguém espírita saiba explicar. Já vi relatos de pessoas que se encontram em outro plano. Mas como é tudo muito recente, não sei se Benedito teria permissão."

Meu coração dispara.

Abaixo o celular e tento controlar a respiração, inspirando e expirando lentamente. Fico nisso por minutos.

Quando volto a me sentir no controle, abro o navegador e digito: "ver pessoas conhecidas em experiências de quase morte."

Os resultados aparecem aos montes, e começo a clicar em um após o outro, tentando encontrar algo que faça sentido.

A EQM (Experiência de Quase Morte) refere-se a um conjunto de experiências vividas por pessoas que estiveram em situações de risco extremo de morte, como paradas cardíacas, acidentes graves ou outros episódios críticos.

Esses indivíduos relatam sensações e percepções incomuns, como a saída do corpo, viagens a lugares desconhecidos, sensação de paz, luz intensa e até encontros com entes queridos falecidos.

A EQM tem sido amplamente relatada em diversas culturas e, embora haja variações, alguns elementos comuns tendem a aparecer de forma recorrente.

Procuro explicações científicas, lógicas, algo que me ajude a pisar em terra firme. Leio o máximo que consigo sobre as alterações que acontecem no cérebro em momentos de risco, só para chegar à conclusão de que talvez tudo o que aconteceu tenha sido apenas o meu cérebro tentando sobreviver, ativando um mecanismo natural.

Mas aí me lembro de tudo o que eu e Benedito vivemos...

Foi tudo tão real.

É quase como se eu ainda pudesse sentir o peso dos seus dedos passeando pelo meu corpo, sua voz ressoando nos meus ouvidos.

Tento me lembrar de situações e pessoas mencionadas, que talvez me ajudem a comprovar que o que vivi foi real, por mais louca que a ideia pareça...

O restaurante da dona Joana que agora é em outra cidade... o parque do amigo dele, Jesus... as galinhas com nomes de cantoras pop. Isso até me faz sorrir, lembrando da lambança que fizemos na casa do diretor.

Caio em um fórum de discussão e leio inúmeros relatos de pessoas que dizem ter passado pela experiência de quase morte... leio por horas a fio.

Alguns dos relatos dizem que durante a EQM as pessoas foram informadas de que "ainda não era sua hora" e que precisavam retornar ao corpo. Sinto um arrepio percorrer a minha espinha, porque isso foi exatamente o que o Benedito disse para mim.

Será que isso é possível?

Não pode ser!

Fecho os olhos e tento me agarrar à ciência. Tudo aconteceu no meu cérebro, certo? Um truque da mente, influenciado pelos sentimentos mal resolvidos que carregava por Benedito.

Guardo o celular e tento esvaziar a minha mente, mas há uma frase que ele me disse (será que disse mesmo?) que não me deixa em paz.

"A gente se encontra em outra vida, tá bom? Eu prometo."

Outra vida. Que outra vida? Não existe outra. Só existe o aqui e o agora.

Nascemos, vivemos e morremos.

Nossa carne apodrece, e em cem anos ninguém se lembrará de nós. A humanidade cria mitos para fugir da própria insignificância. Para se proteger do vazio. Mas não há proteção para mim. Não há redenção. Benedito mentiu.

E eu estou chorando. Porque o fim é só isso. O fim.

38
HENRIQUE
PRESENTE

Faço um acordo com a minha mãe, de ficar uma semana inteira com ela, recebendo seus cuidados e atenção, e então voltar para a minha casa no fim de semana. Afinal de contas, a vida precisa continuar. Sei que ela preferia me ter por perto por mais tempo, mas esse é o máximo que posso oferecer agora.

Deixamos o hospital depois do almoço, e, ao chegar em casa, dou de cara com parentes por toda parte. Abraços, beijos, comentários sobre como pareço mais alto, mesmo que minha altura esteja igual há uma década.

O clima é estranho. Estão felizes por eu estar vivo. Mas há algo mais. Quatro jovens morreram naquele acidente. Então, por que só eu sobrevivi? Talvez ninguém esteja realmente pensando isso, mas essa pergunta grita na minha cabeça o tempo todo.

O cinto de segurança me salvou. Mas e os outros? Estavam todos sem cinto? As pessoas dizem que sim. Ou minha memória me engana, tentando criar uma narrativa para tornar suportável a realidade miserável em que estou imerso, ou as pessoas mentem para mim. É difícil saber o que é real e o que não é.

Na terça, minha mãe e eu assistimos TV. O silêncio entre nós é mais confortável do que qualquer palavra. Penso se não seria mais simples voltar para cá, para Oito Lagoas, deixar para trás os falsos sonhos e a versão de mim que tentei ser pelos últimos anos. O que eu perderia? Amigos, talvez. Mas o aluguel na cidade grande é caro demais para sustentar apenas pelas amizades.

Preciso aceitar a verdade. Não vou a lugar nenhum.

Já passei da idade de correr atrás de um sonho numa área instável, onde portas só se abrem para quem já está dentro. O fato é que estou cansado de sonhar. Sonhar não tem me ajudado muito. Talvez eu faça uma faculdade qualquer, um curso no qual eu não seja tão ruim, algo que pague as contas. Dignidade básica. Isso basta.

A última novela da noite está quase começando quando sinto no meu peito o ímpeto de buscar algumas respostas.

— Mãe...

— Sim?

— Quando você ainda trabalhava na casa da família do Benedito... — Sinto os olhos dela se desviando da TV e voltando-se inteiramente a mim. — Você conhecia a maioria dos funcionários, né?

— Hum... a grande parte sim, senão todos.

— Certo. E você lembra do Benedito ter algum amigo chamado Jesus?

— Jesus? — Minha mãe coça o queixo, como se revirando os compartimentos da própria memória. — Claro que lembro... era um senhor que cuidava dos animais.

— Hum... acho que não sei quem é.

— Deve lembrar de vista se ver alguma foto.

— Pode ser. Ele mora por aqui?

— Por aqui? — Minha mãe sacudiu a cabeça em negativa, sorrindo. — Não, filho, ele faleceu tem alguns anos.

Recebo a resposta com um baque.

Jesus era o dono do parque de diversões no nosso "sonho", mas na vida real era o senhor que trabalhava na fazenda.

— Por que essa pergunta a essa hora? — minha mãe pergunta, desconfiada.

— Não é nada... — Tento disfarçar meu nervosismo, mas meu coração bate acelerado.

Eu mal sabia o nome do cara... então realmente há alguma conexão mais profunda nisso tudo.

Não quero deixar minha mãe preocupada e pensando besteira, mas aos poucos, com pausas milimetricamente cronometradas, vou perguntando sobre os outros elementos do mundo em que vivi com Benedito.

O restaurante da dona Joana realmente mudou de cidade; foi para a Serra dos Ipês, e minha mãe disse pela milésima vez que quer se mudar para lá, para ter uma vida mais tranquila.

Depois, confirmo que Hermes também está morto; faleceu quando Benedito ainda estava no colégio interno, e ele nem pôde participar do enterro. Mas Hermes estava bem, saudável e forte no nosso sonho...

— E onde você compra ovos aqui? — pergunto, porque só falta mais uma confirmação.

Minha mãe me olha com uma expressão esquisita.

— Que pergunta é essa, menino?

— Só curiosidade. É que o ovo daqui de casa é mais gostoso.

— Que ideias... — Ela revira a cabeça.

— Tá, mas onde você compra? É na padaria?

Diz que sim, por favor, diz que sim, por favor...

— Não. Eu compro mais barato com uma moça que inclusive trabalha na casa da família do Benedito — diz ela, me olhando e avaliando como recebo a informação, sem saber se continua.

— Ah, legal... — digo, porque ela para completamente de falar —, e você sabe alguma coisa sobre a procedência das galinhas e...

— Henrique! — Minha mãe cruza os braços. — Você tá me assustando!

— Qual o nome das galinhas? — pergunto, meu coração palpitando forte.

— Elas têm uns nomes estranhos, tipo de vilãs de novelas... Acho que Nazaré Tedesco e Carminha. Mas como é que você sabe disso?

— Eu ouvi falar no hospital — minto. — Elas meio que são populares na cidade.

Minha mãe não diz nada. Se ficou convencida ou não da resposta, não insiste.

Nós somos assim. Uma família que pensa muito, rumina, e fala pouco.

Meu coração continua acelerado, enquanto ela aumenta o som da TV, indicando que o interrogatório esquisito teve fim, e me dá um beijo no rosto. É a forma dela de dizer que me ama.

E então eu deito a cabeça no seu ombro e fico assim, por mais que depois de dois minutos já esteja desconfortável. Porque essa é minha maneira de dizer que a amo também.

39
HENRIQUE
PRESENTE

Vou embora de Oito Lagoas sem visitar o túmulo de Benedito. Não vejo sentido. Nunca gostei de cemitérios, ele sabia disso, e sinto que, mais do que com qualquer pessoa, Benedito se despediu de mim.

No sábado, chego a São Paulo perto da hora do almoço, com a mala lotada de feijão temperado congelado. Os protestos da minha mãe ainda ecoam na minha cabeça, mas eu precisava desesperadamente voltar pra minha casa, pra minha rotina, pro meu espaço.

Assim que entro no apartamento que divido com Leonardo, sou surpreendido: todos os meus amigos estão lá. Pedro, namorado do Léo, além de Kelly e Amanda, estão à minha espera. Eles me recebem como se fosse meu aniversário: abraços calorosos, comida boa, afeto em cada gesto.

— De certa forma, é um aniversário — pondera Amanda, servindo-se de salada. — Afinal, você nasceu de novo.

— É. — Fico sem jeito de dizer qualquer outra coisa que não seja simplesmente concordar.

Eu nasci de novo. Sobrevivi a um acidente gravíssimo no qual todos os outros perderam a vida. Isso deveria me trazer felicidade, certo? As pessoas esperam que eu esteja feliz. Não sei por quê, mas me pego pensando nisso, tentando entender o que a sociedade quer de mim. Contrariando toda lógica, no entanto, nunca me senti tão triste em toda a minha vida.

Almoçamos juntos, espremidos na cozinha apertada do nosso apartamento, e juro que tento me reconectar, me enturmar. Mas a vida deles parece continuar em uma frequência que já não alcanço.

Léo menciona casualmente que encontrou com Hugo, o rapaz fofo que me deu a dica de escrever minhas ideias em um bloco de notas.

— Ele disse que quer te ver de novo, mas que você nem respondeu as últimas mensagens dele — comenta meu amigo. — Como eu não sabia até que ponto você queria que eu falasse sobre o acidente, só disse que você estava sem celular e que passaria o seu recado.

— É o fotógrafo? — Pedro aponta o garfo na minha direção, para que eu responda.

— Sim — confirmo, sem ânimo para entrar em detalhes.

— É o mesmo que o primeiro encontro foi ruim? — Amanda pergunta enquanto pega mais um punhado de salada.

— Não dá pra levar isso em consideração. — Kelly revira os olhos. — Henrique é muito exigente.

Não. Eles estão confundindo as pessoas. O encontro com Hugo foi bem legal, eu que não dei a importância que devia ter dado. Porém não tenho energia para corrigir a história.

— Acho que tenho ele no Instagram. Depois eu mando uma mensagem — digo no automático.

Isso desperta uma sequência de assobios e piadas maliciosas sobre minha vida sexual.

Meus amigos querem que eu encontre alguém, como se sentissem a obrigação de me resgatar da solidão. É como se, juntos, formassem uma família improvisada de dois gays e duas lésbicas cuidando de mim como de um filho que não pode ficar sozinho.

Eles não mencionam Benedito. Tudo que precisava ser dito, eu contei por mensagem: ele morreu. Por uma cruel ironia do destino, estávamos no mesmo acidente. Só Kelly sabe mais detalhes, porque uma hora precisei desabafar sobre o que vivi com Benedito na minha mente, naquela mistura de realidade e despedida que nunca consigo explicar direito.

Passei dias lendo relatos sobre experiências de quase morte, tentando entender. Às vezes, me pergunto se estou louco, se foi tudo criação da minha cabeça. Talvez eu só tenha idealizado aquele momento de dor, querendo transformá-lo em algo suportável. Mas outras vezes, quando fecho os olhos, consigo sentir Benedito. É como se ele ainda estivesse aqui, seus dedos desenhando códigos invisíveis na minha pele que só eu posso entender.

— Terra chamando Henrique! — Léo estala os dedos na minha frente, chamando minha atenção. — Quem é mais gostoso? Bruno Mars ou The Weeknd?

— Hummm... — Finjo pensar por um instante. — Eu casaria com o Bruno, mas queria o The Weeknd como amante.

— Não foi essa a pergunta! — Léo cruza as pernas e solta um suspiro, enquanto engata uma discussão com Kelly sobre a superioridade de The Weeknd.

Voltar à normalidade, aos assuntos fúteis, sem sentido ou direção, é bom, de certa forma.

É como se ao menos essa parte da minha vida não estivesse estraçalhada e eu ainda conseguisse manter o mínimo de controle.

Porque a verdade é dura: o luto é solitário. É um processo que sei que terei que enfrentar, mas não estou pronto ainda.

A única certeza que me conforta é que tenho meus amigos. Eles não me deixam sozinho. Mesmo à distância, tenho minha mãe, atenciosa, amorosa e que me apoia. E, no momento, talvez isso seja suficiente para me manter de pé.

40
HENRIQUE
PRESENTE

UM ANO DEPOIS...

— Boa noite, gente! Vocês estão bonitos hoje! Se arrumaram, né? Diferente de mim, que acordei de ressaca, olhei no espelho e pensei: será que eu dormi ou sofri um acidente de carro que quase me matou? — faço uma pausa dramática e deixo o silêncio pesar antes de acrescentar: — Ah, pra quem não sabe, isso aconteceu mesmo, viu, galera?

Risadas ecoam pelo pequeno teatro. Uma senhora na fileira de trás gargalha, e não consigo evitar o comentário:

— Eita, gosta de uma tragédia, hein, minha senhora?

As risadas se intensificam, e pela primeira vez desde que subi ao palco, sinto o peso da ansiedade esmaecer. Desde que recebi o convite para ter meu próprio show no pequeno teatro de uma amiga de Léo e Pedro, meu maior medo era subir ao palco e não ouvir nenhuma risada. Porque risadas... bem, risadas não mentem.

— Então, deixem eu me apresentar: me chamo Henrique e sou gay, sim. Acho que dá pra notar, né? Não tem como esconder com esse rebolado natural, mas enfim... Nasci com ele, minha filha. Pode tirar esse seu olho gordo, ok? Supera! Eu gosto de falar isso logo de cara porque, olha, quando você é gay, o mundo vira um reality show! Todo dia é uma nova temporada de "Será que a Sônia do trabalho vai julgar minha roupa hoje?". Porque, vocês sabem, gay *precisa ter estilo*. Ou "Será que minha tia Judite liberal e moderna vai perguntar quem é a mulher da relação?". A questão é séria, galera.

Mais gargalhadas. As silhuetas na plateia balançam a cabeça, concordando, e o som me acolhe como um abraço.

Faz um ano desde que Benedito se foi e me deixou um buraco no peito que parece não ter conserto, com mais dúvidas do que respostas. Um ano que ele me largou em um quarto escuro onde a ausência dele me machuca do momento em que abro os olhos ao acordar até o segundo em que os fecho para dormir. Tudo o que podíamos ter sido e nunca seríamos era um lembrete diário de que minha vida nunca seria da forma como idealizei e sonhei. Perdemos muito tempo entre os labirintos de distância que nos foram impostos... O orgulho, o medo de ir atrás, de falar o que sentíamos, de tentar para além das expectativas que poderíamos criar e da opinião dos outros. Tudo isso alargou ainda mais a distância. Nada seria como antes. Nada. Mas, nesse momento, nesse instante, em cima do palco, de alguma forma eu me sinto vivo de novo.

Em menos de um mês após o acidente tomei uma das decisões mais importantes da minha vida: pedi demissão da empresa de telemarketing, um lugar que só sugava a minha energia e eclipsava qualquer possibilidade de futuro.

Pensei muito antes de tomar essa decisão, pois parecia que eu estava assinando uma sentença de morte. Mas eu precisava tomar uma atitude. Ou eu realmente me dedicava a correr atrás do meu sonho, ou aceitava viver na margem de tudo o que eu poderia ser, mas não fui. Acabei optando pela primeira opção. Foi assustador, como pular de um penhasco sem saber se tinha água embaixo. Mas eu fui mesmo assim.

Como no mundo a gente precisa de dinheiro até para respirar, de forma mágica, como se o mundo fosse se alinhando, Léo achou uma vaga de emprego de meio período numa biblioteca de um centro cultural perto de casa. Ele viu o anúncio enquanto ia para o trabalho colado na porta da biblioteca, tirou foto e me mandou.

O salário era um pouco maior do que o anterior, e eu tinha muito mais qualidade de vida: ia para o trabalho e voltava a pé, o ambiente da biblioteca era muito mais agradável de se estar do que um *call center* e consegui retomar o hábito da leitura muito rapidamente.

Este ano, inclusive, consegui manter a média de duas leituras por mês, o que me deixava muito orgulhoso, além de melhorar diretamente minha criatividade; ler mais me ajudava a encontrar fagulhas de histórias que posso trabalhar para futuras apresentações.

— Gente, vocês já perceberam que término gay é tipo o *season finale* de uma série dramática? Todo mundo sabe que vai acabar, mas insiste em assistir até o último episódio, esperando um *plot twist* que nunca vem. Tipo, será que ele vai mandar mensagem? Será que ele vai se arrepender? — Pauso, dando uma risadinha, porque já estou tão à vontade que me sinto livre para sorrir também. — E a resposta é sempre: não, querido, ele não vai. Ele já tá em outro date, inclusive registrando tudo nos stories, porque, sim, a vida gay é ao vivo e a cores! E um belo dia, quando você percebe, ele tá lá, se casando com outro! — Aponto para alguém que ri de forma alta e escandalosa. — É real, tá? Isso aconteceu comigo!

Como por um milagre, minha vista se acostuma à luz ambiente e meus olhos encontram os de Hugo, meu namorado há pouco mais de seis meses, e ele apenas pisca o olho pra mim, me incentivando.

Nosso relacionamento começou de forma totalmente despretensiosa.

Após o Léo me avisar que ele tinha falado de mim, eu não mandei a mensagem que disse que mandaria. Minha mente estava tão presa em digerir tudo o que tinha acontecido, em encontrar caminhos para ficar bem, que era como se um cadeado tivesse me trancado do lado de fora do mundo, e eu confesso que estava confortável com isso.

Depois de algum tempo, o fundo do poço vira uma forma de lar; você se acostuma com as paredes escuras, com o silêncio retumbante, com a casca que cria e cultiva para se manter longe de tudo e de todos.

Por que sair daqui, dessa dor já conhecida, dessas feridas que viraram parte de mim, para me arriscar a cair em outro poço, com outras dores e feridas novinhas em folha?

Sei que isso faz parte da experiência de viver, de estar vivo, mas eu não queria mais.

Porém, após muita insistência dos meus amigos, e dos três meses de experiência do trabalho novo passar, recebi o direito ao plano de saúde, e na mesma semana Amanda e Kelly me ajudaram a encontrar um psicólogo que atendesse pelo meu plano.

Confesso que estava meio resistente; não queria começar terapia de jeito nenhum. Não que eu tivesse aquelas ideias idiotas de que só fazia terapia quem não batia bem das ideias, porém acho que eu não queria mesmo era destrancar esse cadeado que me separava do mundo real e de todas as coisas que, de alguma forma, eu não me sentia pronto para lidar.

No dia da primeira sessão, já tinha quase decorado exatamente o que iria falar; quem eu era, quem eu queria ser e alguns dos motivos que me fizeram sentir a necessidade de começar o tratamento. Mas com dez minutos de encontro, assim que falei sobre o acidente, caí no choro e foi impossível falar qualquer palavra por um tempo considerável.

Saindo de lá, com o rosto ainda inchado, percebi o quanto eu precisava me cuidar. O quanto eu precisava *falar*. E percebi o quão bem me fez falar sobre Benedito e toda a nossa história. Fingir que nada tinha acontecido era quase como matá-lo duas vezes; uma em vida, outra em memória. E eu não queria isso de jeito nenhum. Eu só precisava encontrar minha cura ou uma forma de lidar com aquela dor sem que ela me paralisasse.

— Gente, mas a vida de solteiro gay... Precisamos falar sobre isso. Porque parece que é fácil, né? Você vai lá, baixa um aplicativo qualquer e só passa para o lado como se estivesse escolhendo uma refeição, tipo cardápio de sushi. O aplicativo de comida dos gays. Ai, perdão, mãe! — Mando um beijo para Dulce.

Risadas e mais risadas.

Vejo Hugo olhando para o lado, na primeira fileira, onde tem Léo, Pedro, Kelly, Amanda e a minha mãe. A minha família completinha.

Eu e Hugo nos reencontramos por acaso, como geralmente as coisas da minha vida costumam acontecer; saí para correr no parque, postei uma foto do meu tênis, e Hugo que nunca mais tinha entrado em contato, comentou: estava aí nesse parque agorinha.

Um comentário bobo, que não mostrava que ele tinha ficado ressentido pelo meu sumiço, mas mostrava uma certa abertura para um contato. E eu segui a deixa.

Falamos sobre o parque e sobre *correr no parque* por uns dez minutos, até eu dar a ideia de corrermos juntos qualquer dia. Hugo já emendou com uma data e um horário definidos, porque ele era essa pessoa. O resto é história...

— Só que os ingredientes são sempre os mesmos! Tem o hétero-curioso, o do signo errado, o ex de alguém conhecido, o casado... Eu me sinto no mercado, procurando alguma coisa diferente, algo que me faça sentir água na boca, mas voltando pra casa com o mesmo arroz e feijão de sempre. "E aí, curte o quê?" Ô, viado, na nossa idade a gente curte carteira assinada e plano de saúde! Faça-me o favor!

A plateia está chorando de rir.

Quando Leo e Pedro falaram sobre essa amiga lésbica, Laís, dona de um pequeno teatro independente que estava pensando numa noite de comédia, com vários shows seguidos de LGBT+s e procurando artistas para preencher o espetáculo, a princípio eu rejeitei a ideia.

Apesar de ainda anotar minhas ideias, agora em uma caderneta que Hugo me presenteou, o sonho de ter um show me parecia distante, fora da minha realidade e do meu futuro. Mas Hugo foi um dos que mais insistiu que eu devia tentar.

Empolgado e encorajado pelos meus amigos, montei o roteiro do show e fiquei treinando por algumas semanas, até me sentir confiante a apresentar pra Laís e ela me convidar a ingressar no show.

— Gente, muito obrigado! Esse foi meu primeiro show, e eu estava supernervoso no começo. Talvez eu tenha me cagado, sinceramente não sei. *Chuca malfeita dá nisso*. Mas espero ver vocês semana que vem! Me elogiem pra Laís Cattena, dona do teatro! — Mando um beijo para a mulher ao fundo, que me deu a primeira oportunidade, e ela manda outro beijo de volta. — E até a próxima!

Faço uma reverência enquanto a plateia vai à loucura.

Então é isso que é a felicidade?, penso.

Essa adrenalina, esse frio na barriga, essa vontade de sorrir...

É, eu ainda posso ser feliz.

*

Quando o show acaba, encontro meus amigos, meu namorado e minha mãe na calçada em frente ao teatro. Todo mundo é só elogios. Hugo me entrega um buquê de flores e eu fico emocionado. É o primeiro que eu ganho na vida.

Minha mãe tem lágrimas nos olhos e diz umas três vezes quão orgulhosa ela estava de mim.

Estamos caminhando rumo a uma lanchonete que fica dois quarteirões depois, rindo alto e comentando sobre as piadas, quando alguém se aproxima rapidamente.

— Henrique?

É um homem alto, forte, usando blusa de botões e com o cabelo muito bem penteado. O choque me pega primeiro quando percebo que é William. O viúvo de Benedito.

— Posso falar com você? — emenda ele, diante do meu silêncio. — Juro que vai ser rápido.

Nenhum dos meus amigos sabe quem ele é, nem Hugo, mas eu apenas os olhos e peço que vão na frente, para guardar lugar. Minha mãe fica me olhando, como se dissesse que não vai a lugar algum, porque ela sabe que esse William é o *William de Oito Lagoas*. Lanço um olhar para ela e assinto, só para que saiba que estou bem, que consigo lidar com isso sozinho, e ela se afasta junto com meus amigos.

— Juro! O Rique foi fenomenal! — Escuto Amanda dizer, enquanto se afasta.

— Já tem até fã! — comenta Léo, de uma forma que eu sei que não é pra eu ouvir, mas o som chega até mim, me deixando sem graça.

Olho para William e sei que ele ouviu também.

— Não liga pra eles — digo. — São meus amigos e acham tudo o que eu faço maravilhoso.

— Mas foi *maravilhoso* mesmo. — William me pega de surpresa.

— Você estava no show?

— Sim... eu vi no seu Instagram e decidi vir... Espero que não tenha problema.

— Ah, não... claro que não...

Aperto com um pouco mais de força o buquê que está nas minhas mãos. São girassóis. Tinham que ser, é claro. Automaticamente me lembro dele, do homem que representa um elo entre mim e este outro que está na minha frente.

— Eu não vou tomar muito seu tempo... — William enfia as duas mãos nos bolsos da calça jeans justa. — Mas... você se importa de me responder uma pergunta?

Engulo em seco.

O que esse cara quer saber?

— É, não... — Dou de ombros. — No que posso ajudar?

William me olha, e então encara os próprios pés, como se buscasse coragem, como se tivesse medo do que pode ouvir.

— É que quando o acidente aconteceu... encontraram o Benedito e você juntos, meio abraçados...

— É... — solto num sussurro e espero.

— Você estava indo para Oito Lagos para o nosso casamento, né?

— Sim — digo, com mais firmeza.

Não tem motivo para eu reviver a história da festa do meu primo Oliver, que passou pra universidade. Embora Oliver seja um querido, sabemos que eu não estava indo para Oito Lagoas por ele. Eu estava indo porque sentia que ainda amava Benedito. Porque sentia que devia ir.

— Vocês chegaram a se falar? — William finalmente me olha, e há lágrimas ali. — Eu estava no spa, para mim foi um choque receber a notícia... e... Bem, eu sei que vocês tiveram um relacionamento na juventude... Eu não sei detalhes, mas o Benedito sempre falou com muito carinho de você. E querendo ou não admitir, eu sempre senti ciúmes de você, Henrique. Não pelo passado do Benedito. Mas porque, quando ele falava seu nome, havia um brilho no olhar dele, algo preso ali dentro, que parecia prestes a explodir, a se soltar... Eu... sempre odiei essas histórias que não terminam direito, sabe? Parece que fica uma reticência, uma página faltando... E eu sentia isso sobre você e o Benedito.

Recebo aquela enxurrada de informações como alguém que cai em alto-mar e tenta se salvar. Estou desesperadamente em busca de oxigênio.

Eu não tinha noção que Benedito falava de mim com William. Muito menos que William sentia ciúmes de mim... No fim das contas, na realidade, no mundo fora da magia que eu e Benedito vivemos, o escolhido foi ele.

Era com William que Benedito se casaria.

Era com William que Benedito construiria uma família, uma vida a dois... Não comigo.

E saber disso, de alguma forma, não anula tudo o que eu sei. Que mesmo se casando com outro, era a mim que Benedito amava. Era do meu beijo, do meu toque, do meu abraço que ele sentia falta. Era em mim que ele pensava quando ouvia alguma canção de amor no rádio. Era comigo que ele sonhava...

— William... — Encontro minha voz no fundo do meu corpo. — Eu sinto muito pela sua perda. Eu não consigo imaginar, de verdade, a dor que você deve estar sentindo. Ficar viúvo desse jeito é... enfim, algo que ninguém deveria passar.

— Obrigado. — O rosto de William treme, como se as lágrimas sacudissem sua pele.

— Quando eu acordei do acidente, dentro do carro, eu saí do veículo e...

Corri atrás do seu noivo, porque eu e ele tínhamos vivido um mundo de amor e alegria que só aconteceu nas nossas mentes? No mundo espiritual?

— E? — William se abraça, ansioso, e funga alto, passando as costas da mão para tentar secar o rosto.

Olho para os girassóis. É quase como se eu visse ele de novo.

— Eu fui ver se a pessoa do outro carro tinha sobrevivido — continuo, já sabendo o que vou dizer — e era o Benê que estava ali. Eu pedi para ele aguentar, que o socorro estava a caminho, e ele disse que tentaria ser forte, porque precisava se casar com... — Abaixo os olhos. Mal percebo que estou chorando, só quando a primeira lágrima desce pelo meu rosto. — Com o homem que ele amava.

Respiro fundo e encaro William, que é um homem de quase dois metros de altura, chorando compulsivamente na minha frente.

Eu me compadeço da sua dor. Por mais que minha vida com Benedito tenha sido roubada, eu sei o que ele sente.

Ele me pede um abraço e eu apenas concordo com a cabeça. William me abraça com força e fica só repetindo a palavra "obrigado" mais vezes do que sou capaz de contar.

Quando se afasta, ele seca o rosto mais uma vez, tentando se recompor.

— Vou ser eternamente grato por isso, Henrique. Mesmo.

— Tudo bem...

William precisava disso. Precisava dessa resposta. Ele fez uma viagem longa de Oito Lagoas até São Paulo apenas para ouvir algo que confortasse seu coração. Eu podia fazer isso por ele.

— Eu não vou mais tomar seu tempo... — Ele dá mais um passo para trás e enfia a mão no bolso. — Mas tenho algo para você, antes de ir embora.

William tira do bolso um pen drive pequeno.

— O que é isso?

— O Benedito guardou todas as filmagens que ele fez quando criança... E você aparece na maioria dos vídeos. Sei que esses filmes são mais seus do que meus. Não faz sentido que fiquem comigo.

William coloca o pen drive na palma da minha mão e a fecha, como se me entregasse uma pepita de ouro.

Estou em choque.

Eu não sabia que Benedito tinha esses vídeos.

Sinto minhas pernas vacilarem enquanto uma lágrima desce sem aviso.

— Se cuida... — William assente com a cabeça e acena um adeus, enquanto finalmente se afasta.

Eu fico parado, segurando os girassóis e o pen drive, sentindo uma paz que quase desconheço.

É como se finalmente um capítulo se fechasse... e finalmente meu coração está em silêncio. Depois de tudo que passamos, o ciclo está completo.

Me viro para encontrar meus amigos, meu namorado e minha mãe, quando sinto uma brisa gelada na minha nuca, que me arrepia.

Então ele me vem ao pensamento...

Benedito.

A primeira pessoa a acreditar em mim.

A primeira risada que ouvi e que guardo comigo até os dias de hoje.

Amar o Benedito era simples e fácil como respirar. Nosso amor era como o ar. Estava em todos os lugares. Me fazia sentir vivo. E mesmo após sua partida, o que ele me deu permanece, me sustenta nos dias bons e nos ruins. E vai ser assim até, quem sabe, a gente se reencontrar e ter mais uma chance de viver uma história diferente.

Mas enquanto essa hora não chegar, vou vivendo daqui, um dia de cada vez, pensando nele e me permitindo seguir em frente, porque é isso o que ele queria pra mim.

Paro por um instante e murmuro baixinho:

— Obrigado.

E quando uma nova brisa toca meu rosto, abro um sorriso e continuo caminhando, porque sei que de alguma forma ele me ouviu.

AGRADECIMENTOS

Aos meus leitores, meu muito obrigado.

Cada vez que vocês dedicam um momento do seu dia para ler o que compartilho, meu trabalho ganha propósito. Seja através de um comentário, um like, uma mensagem, um abraço em uma sessão de autógrafos, o sacrifício de pegar uma senha e enfrentar filas por horas ou simplesmente pela atenção silenciosa — vocês são a razão pela qual continuo a criar. Ler é um ato de conexão, e me sinto honrado por fazer parte da sua jornada. Saber que minhas palavras ressoam em vocês é o maior combustível para a minha inspiração.

Aos meus pais, por serem os primeiros na fila de todas as minhas conquistas.

Aos meus irmãos, cunhadas, sogros, tios, tias, avós, primos e toda a minha família — vocês acreditam em mim, têm fé no que faço e sempre me fazem crer que não há "se", mas apenas "quando".

Tácio, Carlos, Carlos Augusto, Jonathan, Jhessy — obrigado por terem sido os primeiros a ler este rascunho quando ele era apenas um esqueleto. Obrigado pela generosidade de me ajudarem a aprimorar essa ideia e pela empolgação que me fez acreditar nesta história.

Alba, minha agente — obrigado por sempre resolver tudo (e, quando não resolve, por xingar junto comigo). Você torna minha vida muito mais fácil para que eu possa me concentrar no que mais amo: criar.

Mari, minha editora querida, e toda a equipe da Ediouro — obrigado por acreditarem no meu trabalho e por me ajudarem a colocar mais um livro no mundo.

Caique — obrigado por ser sempre o primeiro a ouvir minhas ideias, escutar meus medos e vibrar com minhas vitórias — até mesmo aquelas que ainda nem chegaram.

DIREÇÃO EDITORIAL
Daniele Cajueiro

EDITORA RESPONSÁVEL
Mariana Rolier

PRODUÇÃO EDITORIAL
Adriana Torres
Júlia Ribeiro
Mariana Lucena

COPIDESQUE
Marina Góes

REVISÃO
Manoela Alves

DIAGRAMAÇÃO
Douglas Watanabe

Este livro foi impresso em 2025, pela Vozes,
para a Livros da Alice. O papel do miolo é Avena 70g/m²
e o da capa é Cartão 250g/m².